KB057996

위반하는 글쓰기

위반하는 글쓰기

아마추어와 프로를
가르는
글쓰기 기술

강창래 지음

북바이북

2부   쓰기

3부 고치기

글쓰기 원칙을 업그레이드하라

"강한 자가 살아남는 것이 아니다. 가장 지적인 자도 아니다. 변화에 가장 잘 적응하는 자가 살아남는다." 찰스 다윈이 했다고 알려진 말이다. 유효 기간이 지난 지식은 버려야 한다. 어떤 이론이나 지식, 심지어 원칙도 그 시대와 사회의 편견으로 만들어진 것이기 때문이다.

글쓰기도 마찬가지다. 지난날의 원칙에 얽매여 있다면 글을 잘 쓰기는 어렵다. 삶의 환경이 끊임없이 변화하기 때문이다. 그에 맞추어 글쓰기 원칙 역시 업그레이드해야 한다.

몇 년 전부터 글쓰기에 대한 책이 끊임없이 출간되고 있다. 거기에 한 권 더 보탤 이유가 없다고 생각했지만, 출간된 책들을 보면서 마음이 달라졌다. 업데이트한 지식을 담아 잘 정리한 책이 나오지 않았기 때문이다. 중요한 문제인데 다루지 않거나 다루더라도 필요한 만큼 자세히 다루지 않았다.

나도 글쓰기에 완고한 원칙을 가졌던 적이 있다. 1990
년대 초반이었을 것이다. 이오덕의 《우리글 바로쓰기》
(전 5권)를 읽고 충격을 받았다. 그동안 쓴 글이 '병신
같은 소리'이거나 그 언저리였다니! 당시 나는 웃음 대
신에 미소라는 말을 자주 썼다.* '겨레말'을 쓰자는 주
장에 깊이 공감하여 노력해 보았지만, 선생이 제시한
방법대로 글을 쓰기는 어려웠다. 특히 일본에서 만들
어진 한자말을 쓰지 말자고 하는데 그건 불가능했다.
한국어로 출간된 책들도 일본에서 만들어진 한자말을
많이 쓰고 있었다. 그랬기에 글을 쓰면서도 늘 원칙을
지키지 못한다는 죄책감이 있었다.

　1990년대 말에 언어학을 공부하고 나서야 이오덕의
'바로 쓰기'는 실천 불가능한 꿈이라는 것을 깨달았다.
이 세상에 고유어(겨레말)로만 이루어진 언어는 없다.

---

*　《우리글 바로쓰기 2》(이오덕, 한길사, 1992, 19쪽)에 이
런 글이 나온다. "어떤 이는 '미소와 웃음은 그 뜻이 다르지 않
아요?'라고 반문한다. 이게 바로 병신 같은 소리다."

철저하게 닫힌 사회란 불가능하기 때문이다. 교역하면 문화를 주고받는다. 새로운 단어와 어법, 사고방식도 주고받을 수밖에 없다. 서로를 이해하기 위해서 당연히 언어도 뒤섞인다. 다른 문화에서 들어온 말을 고유어로 완벽하게 번역할 수 없기에 그렇다.

현대 한국인이 쓰고 있는 말 속에 고유어가 얼마나 남아 있는지도 알기 어렵다. 그리 오래지 않은 1877년에 외국인 선교사 존 로스가 만든 《조선어 초보》를 보면 현대 한국인으로서는 도무지 알 수 없는 어휘가 많다. 그뿐만 아니라 한국어의 특성인 '조사'도 다르다. 예를 들어 그 책에는 이런 문장이 있다. "쇼졋이 잘레 것넌 못잘레간넌 잘레가 슴메 다마셔 슴메."** 뜻을 알겠는가? 이 문장의 뜻은 이 페이지 맨 아래에 적어두었다. 보기 전에 짐작해 보시라.

겨우 100년 전 한국어와 현대 한국어의 차이가 이렇게 심할진대 도대체 현대 한국어에 '고유어'가 얼마나

** 《조선어 초보》에 나온 이 문장을 현대어로 옮기면 이렇다. "우유가 충분합니까 안 충분합니까. 충분합니다. 다 마셨습니다."

남아 있다는 말인가?

　그 점을 깨닫고 나서는 이오덕의 책 내용을 적당히 받아들이기로 했다. 최대한 '한국어답게' 쓰자는 주장에 동의하는 정도로.

원칙의 문제는 거기에서 끝나지 않는다. '형용사·부사는 가능하면 쓰지 말라'는 원칙이 있다. 옳은 말이지만 이렇게 업데이트되어야 한다. '형용사·부사를 잘 골라 쓰면 문장이 빛난다.' 옛날의 원칙은 형용사·부사가 가능하면 피해야 할 '나쁜 것'이라는 말 느낌을 담고 있다. 그렇지 않다. 형용사·부사를 잘 골라 써야 한다. 그러고 보면 하나 마나 한 말이다. 글쓰기 원칙이라고 떠도는 소문 가운데에는 그런 게 꽤 있다. 이 원칙도 마찬가지다. 적절한 단어를 잘 골라 써야 좋은 문장이 된다는 말이다. 그게 어디 형용사·부사만 그렇겠는가.

　거칠게 말해서 한국어는 동사 중심의 언어이다. 영어는 명사 중심이고. 간단한 예를 보자. 사랑한다고 말할 때 한국어는 동사 하나로 충분하다. '사랑해.' 영어로는 'I love you'라고 한다. '나'와 '너'라는 대명사를 꼭 쓴다. 두 사람이 마주 보고 이야기하면서 굳이 '나는 너를'이라고 말하는 것이다. 무엇인가를 '보라'고 할 때도 군이 'take a look', '보기'를 가지라고 한다. 그러고서는 '철저하게' 봐야 한다고 말하기 위해서는 형용사를 쓴다. 'take a long hard look'이 그런 뜻이다. 당신 자신을 '철저하게' 돌아보라는 말은 이렇다. 'take a long hard look at yourself.' 한국어에서는 부사로 표현되는 것이 영어에서는 형용사로 표현되는 것이다.

이런 특징을 가진 영어에서는 명사를 꾸미는 형용사가 중요하고 한국어에서는 동사를 꾸미는 부사가 중요하다.

소설가 스티븐 킹은 '부사'를 쓰지 말라고 한다. 형용사가 아니다. 영어 소설이나 에세이에서 형용사를 뺀다는 건 불가능하다. 그렇다면 부사는 쓰지 않아야 할까? 꼭 그렇지 않다. 헤밍웨이의 절제된 문장을 보면 적절한 형용사·부사가 얼마나 중요한지 알 수 있다. 앞에서 말했던 그대로다. 형용사든 부사든 필요한 자리에 적절한 단어를 잘 골라 써야 한다.

한국어 역시 마찬가지다. 한강이 쓴 소설을 읽어 보라. 형용사·부사가 적지 않다. 적절한 자리에 잘 쓰이고 있다. 그것들을 빼면 좋은 문장이 될까? 결코 그렇지 않을 것이다.

논픽션에서는 형용사·부사가 적게 쓰인다. 당연한 일이다. 문학은 일상의 언어로 이야기하고 비문학은 논리를 위한 개념어를 주로 사용한다. 문학에서는 일상의 느낌이 담긴 형용사나 부사를 쓰지 않을 수 없다. 개념과 논리가 중요한 논픽션에서는 감정을 드러내는 형용사나 부사를 가능한 한 적게 써야 한다. 당연하지 않은가.

어디에서나 통하는 절대 법칙은 없다.

'직유하지 말고 은유하라'거나, '만연체는 나쁘다'거나, '진부한 표현보다 참신한 표현을 써라'라는 말도 업데이트되어야 한다. 은유가 나을 때도 있고 직유가 더 나은 경우도 없지 않다. 그냥 다른 종류의 표현법인 것이다. 만연체 역시 마찬가지다.

'진부한 표현보다 참신한 표현이 좋다'라는 원칙도 언제나 적용되는 것은 아니다. '소화기는 누가 봐도 한눈에 소화기로 보여야 한다.' 이건 디자인에만 적용되는 것이 아니라 글쓰기에서도 마찬가지다. 진부해야 할 것은 진부해야 한다. 소화기를 참신하게 디자인해서 불이 났을 때 소화기인지 아닌지 헷갈리게 만들면 안 될 테니까. 마찬가지다. 진부한 표현은 아주 잘 소통된다. 모두가 나름대로 장점이 있으니, 적재적소에 배치해야 한다.

'말하는 것처럼 쓰면 된다.' 이 말도 바뀌어야 한다. 말하는 것처럼 써 본 사람이라면 알 것이다. 아직 해 보지 않은 사람은 해 보면 안다. 글은 말과 달라서 말하는 것처럼 쓰면 안 된다.

분명 비법은 있을 것이다. 다만 그게 무엇인지, 어디에 있는지는 아직 모른다. 그걸 아는 사람은 이미 '대단한 글쟁이'가 되었을 테고. 그 비법은 한 문장으로 정의할 수 있는 '단순 간단한 것'이 아닐지 모른다. 이 책은 그 비법을 찾는 과정에서 만난 '글쓰기에 대한 소문과 진실'이다. 글쓰기 비법이라 일컫는 자잘한 소문을 하나하나 검증하며 짚어 나갈 것이다. 그 내용이 여러분에게 글쓰기를 위한 지침, 글 고치기를 위한 피드백이 되면 좋겠다. 그리하여 책이 끝날 즈음 글쓰기의 비법을 터득하게 되면 얼마나 좋을까. 독자 여러분과 함께, 나도.

1부

원칙은 암기의 대상이 아니라

깨달음과 망각의 대상이다.

원칙은 언제나 알고 나서 잊어야 한다.

01 글 잘 쓰는 사람은 따로 있다?

다음 네 종류의 글을 보자.

당신이 지금 이곳에 존재하기 위해서는 각자 떠돌아다니던 엄청나게 많은 수의 원자들이 놀라울 정도로 협력적이고 정교한 방법으로 배열되어야만 했다. 너무나도 특별하고 독특해서 과거에 존재한 적도 없었고, 앞으로도 절대 존재하지 않을 유일한 배열이 되어야만 한다. 그 작은 입자들이, 우리가 바라듯이, 앞으로 몇 년 동안 아무 불평도 없이 정교하고 협동적인 노력으로 당신의 육체를 유지시켜 줄 것이고, 그런 노력의 가치를 제대로 인정해주지도 않을 우리에게 귀중한 삶을 경험하도록 해줄 것이다.

— 빌 브라이슨, 《거의 모든 것의 역사》, 까치, 2003, 11쪽

어떤 사람이 상을 당한 친구를 조문하러 가서 끌어안아

췄는데요. 끌어안는 순간 어깨 너머에서 어느 아름다운 여인, 잘 차려진 음식이 보이는데 거기로 가는 시선을 막을 수 없었다는 거예요. 그렇다면 이때 나의 의지에 의하지 않은 이 무심한 시선을 내가 아니라고 할 수 있을까요? 그러한 시선의 운동을 하는 것 역시 나라고 말하면요, 메를로-퐁티는 주지주의나 경험주의가 신체의 운동을 '나'로부터 분리시킴으로써 지각이나 감각을 잘못 해석했다고 주장하는 것이죠.

— 정지은, 〈몸과 살, 그리고 세계의 철학자, 모리스 메를로-
   퐁티〉, 《처음 읽는 프랑스 현대철학》, 동녘, 2013, 56쪽

언어는 사고나 세계관에 일정한 영향을 끼친다. 그러나 언어가 사고나 세계관을 '결정한다'고 말할 수는 없다. 우리는 언어의 도움을 받아 세계를 인식하지만, 어떤 상황에서는 언어의 도움 없이도 세계를 인식할 수 있다. 적어도 일반적 수준에서는, 언어가 사고의 흔적이고 세계관의 흔적인 것이지, 그 거꾸로가 아니다.

— 고종석, 〈언어는 생각의 감옥인가? - 사피어 · 워프 가설에
   대하여〉, 《한국일보》, 2007. 2. 6.

문학의 말은 유일하게 순간마다 자신을 반성하는 말이며, 반성한다는 것은 한 말이 다른 말의 권리를 막지 않았는지 살핀다는 것이다. 이 반성으로 말은 제자리를 차지하기만 하는 것이 아니라 다른 말이 들어설 자리를 만든다. 그래서 모든 생각이 교착에 빠지고 모든 논의에 한 걸음의 진전이 불가능한 정황까지도 새로운 말이 솟아나오는 계기가 된다.

— 황현산, 《말과 시간의 깊이》, 문학과지성사, 2010, 전자책

첫 번째 글은 물리학, 두 번째는 현대철학, 세 번째는 언어학, 네 번째는 문학과 관련이 있다. 이 모두를 '사실은' 한 사람이 썼다고 하면 깜짝 놀랄 것이다. 다행히 그런 일은 생기지 않는다. 저마다 다른 사람이 썼다. **이들은 모두 자기가 잘 쓸 수 있는 글을 잘 쓴다.**

첫 번째 글의 작가인 빌 브라이슨은 비교적 다양한 주제를 다룬다. 그런 것을 보면 그는 두 번째나 세 번째 글도 잘 쓸 수 있을지 모르겠다. 그러려면 상당히 '노오력'해야 하겠지만. 실제로 그는 꽤 오랜 시간 동안 자료를 섭렵하고, 현지를 답사하는 노력 끝에 글을 쓴다.

하고 싶은 이야기는 이것이다. 어떤 글이든 잘 썼다

고 느낀다면 엄청나게 '노오오력'한 결과이다. 아무리 쉽고 간단해 보이는 글이라고 해도, 아니 그럴수록 '노오오오력'한 결과이다. 소설가 정유정이 말했듯이 "원고를 다시 보면 토할 것 같은 지경이라고 해야 하나, 그런 기분이 들면 그만둘 때가 된 거다." 일류 작가의 글 역시 언제나 '노오오오력'한 결과물이다.

당연한 말이지만 모든 종류의 글을 잘 쓸 수는 없다. 그런 잠재력을 가지고 있다고 해도 노력하기 위한 시간과 에너지는 턱없이 부족할 것이다. 그런 의미에서 어떤 글이든 다 잘 쓰는 사람은 없다. 자기가 잘 알고 있기에 잘 쓸 수 있는 한두 종류의 글이 있을 뿐이다.

소설을 잘 쓰는 사람이 시도 잘 쓰는 것은 아니고, 단편소설을 잘 쓴다고 해서 장편소설을 잘 쓰는 것도 아니다. 연애소설을 잘 쓰는 사람이 추리소설까지 잘 쓰는 것도 아니다. 같은 장르 안에서도 자기가 잘 쓰는 스타일이 따로 있다. 대개는 그렇다. 예를 들어 김애란과 정유정의 소설은 극단적으로 다르다. 독자가 거의 겹치지 않을 정도로.

어떤 글을 쓰겠다고 마음을 정했다면 무엇보다 먼저 그 분야의 '언어'를 익혀야 한다. 언어의 의미와 사용법을 통해 표현 형식에 익숙해져야 한다. 질문을 살짝 비틀어 보면 왜 그런지 이해하기 쉽다.

나는 왜 글을 쓰려 하는가? 여러 가지 이유가 있을 것이다. 미학적인 열정 때문일 수도 있고, 무엇인가를 기록하기 위해, 또는 선전이나 선동을 위해 쓰기도 한다. 미학적인 열정으로 쓰이는 것은 대개 시나 소설이다. 기록은 르포르타주 같은 글이다. 일기나 편지, 보고서 같은 것도 있다. 짧은 장편소설은 미학적인 열정만으로도 가능해 보이지만 대하 장편소설은 기록하려는 사명감이 더해져 쓰일 때가 많다. 어쩌면 한을 풀기 위한 것일지도 모른다. 선전문은 논리적으로 주장하는 글이고 선동문은 공감을 유발하기 위해 도발하는 감정적인 글이다. 비평문과 같은 메타*장르, 학술적인 글,

---

* 여기서 쓰인 '메타'의 의미는 어떤 것에 대한 탐구라는 의미이다. 메타비평이라고 하면 비평에 대한 비평이다. 원래 '무엇인가를 뛰어넘는 어떤 것'이라는 의미로 쓰였는데 물리학physics과 메타피직스metaphysics가 그렇다. 동양에서는 메타피직스를 형이상학이라고 번역했는데, 여기에서 상학上學에 그런

재판받기 위해 쓰는 글이나 보고서 같은 글도 있다.

모두가 쓰는 방법이 다르고, 사용하는 언어도 다르다. 요즘 나는 이 문제를 절실히 느낀다. 요리에 대한 글을 쓰려고 하니 요리에 대해 잘 알아야 할 뿐 아니라 거기에서 쓰이는 언어도 익혀야 했다. 특정 분야에서 쓰이는 언어에 대해 가장 잘 아는 방법은 책을 읽는 것이다. 과연 그런 노력 없이 잘 쓸 수 있는 글이 있는지 모르겠다. 다음은 최근에 쓴 요리 글의 일부이다. 맛있는 이야기이니 맛보고 가자.

> 알리오 올리오를 자주 만들어 먹는다. 마늘(알리오)과 올리브 오일(올리오)만으로 만든 스파게티의 한 종류다. 정식 이름은 알리오 에 올리오$^{Aglio\ e\ Olio}$이고 맵게 만든 것은 알리오 올리오 에 페페론치노$^{Aglio\ Olio\ e\ Peperoncino}$이다. 여기에서 에^{e}는 그리고^{and}이다. 페페론치노는 청양고추보다 두세 배는 매운 이탈리아 고추이고. 레시피는 아주 간단하다. 간단해서 어려울 수 있다. 요리 과정

의미를 담고 있다.

의 핵심을 잘 이해하지 못한다면.

글쓰기도 마찬가지일 것이다. '과정의 핵심'을 이해해야 한다. 그것을 잘 깨쳤다면 어떤 종류의 글이든 약간의 노력으로 잘 쓸 수 있는 잠재력을 가지게 된다. 무작정 '노오오오력'한다고 잘 되지 않는 것은 분명하다. 그건 진실이다. 작가가 되려는 사람은 무수히 많지만 오랫동안 노력했음에도 불구하고 작가가 되지 못한 사람도 많지 않은가. 그렇다면 글쓰기에 대한 비법이 따로 있는 것일까?

02 오랫동안 많이 쓰면
잘 쓰게 된다?

셜록 홈스 시리즈 가운데 하나인 《네 사람의 서명》에
이런 구절이 나온다.

"불가능한 것을 제외하고 남은 것이 아무리 믿을 수
없는 것이라 해도 그것이 진실이다."

글쓰기 비법에 대한 소문은 있었다. '1만 매 법칙' 또
는 '1만 시간 법칙'이다. 참 희한하게도 매와 시간은 아
주 다른 단위인데 숫자는 같다. 더 희한한 것은 이 두
법칙이 요구하는 시간도 같다. 10년 정도 집중해서 연
습해야 한다는 것이다. 1만 매를 쓰려면 1만 시간 정도
가 걸리고 1만 시간 정도면 1만 매 정도를 쓸 수 있다.

1만 매라고 할 때 단위는 200자 원고지이다. 글자
로는 200만 자이고, 요즘 단행본으로는 대략 15권 정
도, A4용지로는 1,333장 정도다. 진지하게 글을 쓴다
고 할 때 평균적으로 하루 20매 정도를 쓸 수 있다. 그
것도 아주 잘 훈련된 뒤에야 가능한 일이지만. 일주일

에 닷새 글을 쓴다고 보면 일주일에 100매, 1년이면 5,000매를 쓸 수 있다. 그러면 2년이면 1만 매를 쓰게 된다. 겨우 2년이면 작가처럼 잘 쓸 수 있다고?

그러나 이 계산에서 잊지 말아야 할 것은 쉬지 않고 하루 20매를 쓸 때 그렇다는 것이다. 그러려면 다른 건 다 작파하고 글쓰기만 해야 한다. 문제는 또 있다. '글을 쓰기 위한 준비'에도 많은 시간이 걸린다는 것이다. 글은 책상 앞에 앉기만 하면 쓸 수 있는 것이 아니다.

나는 대단히 재능이 부족한 사람이지만 저작물 가운데 칭찬받은 책이 없지는 않다. 《책의 정신》이 대표적인데, 2005년부터 준비해서 2013년에 출간되었다. 그 책을 쓰기 위해 준비한 시간은 아무리 짧아도 5년은 잡아야 한다. 원고량은 1,000매 정도였다. 쓰는 데는 1년이 걸렸으니 1,000매를 쓰는 데 6년은 걸린 셈이다. 어쩌면 《책의 정신》은 좀 특별한 경우라고 볼 수도 있다.

비교적 많이 썼던 때가 2007년 《인문학으로 광고하다》 이후 2011년까지 3권, 그러니까 4년 동안 네 권을 출간한 적이 있다. 그때 원고량은 아마 권당 700매 정도일 것이다. 그러고 보면 4년 동안 2,800매를 썼다. 무척이나 빨리 썼던 셈이다. 그 속도라고 해도 1만 매를 쓰려면 10년은 걸린다.

독자들 가운데에는 이런 궁금증이 생길 수도 있다. 책을 낼 정도면 '잘 쓰는 수준'에 이른 뒤의 이야기다. 소문으로 떠도는 1만 매 법칙이란 습작 기간 중에 써 보아야 하는 양을 말하는 것 아닌가. 내 입장에서는 그 걸 말하기는 더 부끄럽다. 첫 책을 내기 전까지 대략 30 년은 연습했을 것이고, 적어도 2~3만 매는 썼을 것이 다. 그렇게 보면 나의 비법은 30년 정도 '끊임없이 글 을 썼고, 쓰기 위해 읽었다'고 해야 한다.

1만 매의 법칙과 1만 시간의 법칙은 다른 것 같지만 비슷한 말이다. 무슨 일을 하든 1만 시간 정도 집중해 서 연습하고 나면 아주 잘할 수 있다는 법칙이다. 하루 에 3시간 정도 끊임없이 연습하면 약 10년 만에 1만 시 간에 도달한다.

1만 매 법칙과 비슷한 비법 가운데 하나가 '오랫동안 쓰면 잘 쓰게 된다'이다. 《고종석의 문장 1》에도 그런 말이 나온다. 더욱이 고종석은 '100년 만에 한 번 나올 까 말까 한 평론가'로 평가받는 김현을 예로 들었다. 김 현은 '명료하고 아름다운 문체를 통해 비평을 창작에

기생하는 장르가 아닌 독자적인 문학 장르로 끌어올린 최초의 비평가로 꼽힌다.'**

그런 김현을 고종석은 이렇게 평가했다. "데뷔 직후에 쓴 글들을 보면 읽기가 짜증날 정도입니다. 세상에 어떻게 글을 못 써도 이렇게 못 쓸 수가 있을까, 이렇게 쓰려고 해도 어렵겠다 싶은데, 이분의 만년 글들을 보면 정말 좋습니다."*** 고종석이 말하고 싶었던 것은, 산문의 경우는 시와 달리 오랫동안 쓰면 잘 쓰게 된다는 것이었다. '100년 만에 나올까 말까 한' 김현 같은 평론가도 그랬다면 누군들 그렇지 않겠는가. 그러면서 글을 잘 못 쓴다고 생각하던 고종석 자신도《한국일보》라는 직장에 들어가서 '날마다 쓰다 보니' 잘 쓰게 되더라는 이야기로 끝을 맺었다.

꽤 긴 시간 동안 곱씹어 보았다. 무엇보다 고종석의 말을 확인하기 위해 김현의 데뷔 직후 글들을 찾아 읽어 보았다. 책을 구하기가 어려워 도서관을 뒤졌다. 결론부터 말하면, 김현의 글이 그렇게까지 못 쓴 것이라

*   장석주,《나는 문학이다》, 나무이야기, 2009, 418쪽
**   고종석,《고종석의 문장 1》, 알마, 2014, 41쪽

고 보기는 어려웠다. 물론 그의 이삼십 대 시절 글을 보면 '명료하고 아름다운 문체'라고 할 수 없는 정도임은 분명하고, 문장이 좋지 않은 경우도 자주 눈에 띈다. 이게 김현 글인가 싶을 정도로 사나운 모습도 보였다.***

그러나 '오랫동안 쓰면 잘 쓰게 된다'는 말에는 논리적으로 공감할 수 없었다. 간단하다. 김현도 시작은 형편없었으나 세월이 흐르면서 잘 쓰게 되었다고 하지만, 김현과 비슷한 시기에 시작하여 아주 오랫동안 평론을 써 온 '분들'도 많다. 김현이 죽은 뒤에도 활동했던 분들이 있다. 그러나 김현과 비슷한 찬사를 받은 사람은 없다. 무슨 말인가? 오랫동안 쓴다고 해서 누구나 다 잘 쓰게 되는 것은 아니라는 뜻이다.

고종석 자신도 글을 잘 못 썼는데, 기자가 되어 날마다 글을 쓰다 보니 잘 쓰게 되었다고 했다. 그렇지만 우리는 잘 알고 있다. '날마다 글을 쓰는 기자' 모두가 그처럼 글을 잘 쓰는 것은 아니다. 고종석과 비슷한 시기

*** 1960년대 이십 대였던 김현은 인정 투쟁에 열심이었고, 외국 문학을 선험적인 진실로 느꼈다. 그런 인식의 문제, 자기 비판과 자기 성찰이 부족했음은 짚어야 할 부분이다.

에 함께 글을 썼던 기자들도 마찬가지다. 결국 '비슷한 과정을 거쳐도 잘 쓰는 사람은 잘 쓰고, 못 쓰는 사람은 여전히 못 쓴다'고 결론 내릴 수밖에 없다.

많이, 오래 써 보아야 잘 쓴다는 것은 소문에 불과했다. 이런 결론에 도달할 즈음에 재미있는 연구 결과를 보았다. 1만 시간의 법칙에 허점이 있다는 것이다. 이 법칙이 적용되는 사람은 겨우 30퍼센트 정도였다. 실제로 1만 시간의 법칙을 주장했던 심리학자 안데르스 에릭슨도 시간보다 더 중요한 것은 방법의 문제라고 말했다. 말하자면 기계적인 연습이 기술적인 향상으로 이어지는 것은 아니라는 것이다. **집중하되 전문가의 피드백을 통해서 잘못된 부분을 고쳐 나가야 한다.** 그러니 무작정 많이 읽고 많이 쓴다고 글을 잘 쓰게 되는 것은 아니다.

이때 퍼뜩 떠오르는 사람이 있었다. 젊은 작가 김애란과 한강, 허윤진이다. 김애란의 데뷔작인 〈노크하지 않는 집〉은 스물세 살 때 발표되었다. 지금 읽어 보아도 '잘 쓴 글'이다. 고종석에 따르면 비슷한 나이에 김현의 글은 '못 써도 이렇게 못 쓸 수 있을까'였는데 20년

쯤 지나자 '정말 좋았다'고 한다. 누구에게나 그런 정도의 세월을 거쳐야 한다면 김애란의 경우는 불가사의한 일이다. 한강의 경우도 마찬가지다. 역시 스물네 살에 시로, 스물다섯 살에 소설로 데뷔했다. 일상 언어를 사용하는 소설이라서 그럴 수 있었던 것일까?

무거운 글인 평론이라면 다를지도 모른다. 그런데 김애란과 동갑인 평론가 허윤진의 경우를 보면 역시 마찬가지 혼란에 빠진다. 그는 스물네 살에 《문학과사회》 신인문학상 평론 부문에 당선되어 활동했다. 그리고 스물여덟 살에 낸 첫 평론집 《5시 57분》은 놀라울 정도다. 이런 경우들을 보면 '많이, 또는 오랫동안' 쓰면 잘 쓸 수 있다는 명제가 일반적으로 참이 되기는 어려워 보인다.

'오랫동안 많이'라는 일반론을 거스르고 일찍부터 '잘 쓰는 작가'가 된 김애란이나 한강, 허윤진을 보면 비법은 있다. 한강의 경우는 아버지가 뛰어난 소설가(한승원)였으니 그 영향을 받았을 것이고, 그게 비법의 일부인지 모른다. 허윤진은 일찌감치 평론 활동을 접었으니 그 비법을 알기는 어렵다. 김애란의 경우는 오리무중이다. 최근에 나온 에세이를 통해서 조금 엿

볼 수 있지 않을까, 그런 기대로 사 보았지만 오히려 더 혼란스럽기만 했다. 성장 환경이 글을 더 잘 쓰게 만든 것 같지는 않았다. 그렇다면 짧은 시간 안에 그런 성과를 낼 수 있었던 비법이 무엇일까. 차분히 하나하나 짚어 보자.

03 글을 잘 쓰기 위해서는
다독해야 한다?

'글을 잘 쓰기 위해서는 절대 독서량이 필요하다.' 거의 모든 작가들이 동의하는 사실이다. 하지만 노력할 일은 아니다. 무슨 책을 읽든 즐겁고 재미있게 읽어야 제대로 독해할 수 있기 때문이다. 그렇지 않으면 곡해한다. 작가는 작가가 되기 위해 독서를 한 것이 아니다. 독서가 즐겁고 행복한 일이어서 그만둘 수가 없었을 뿐이다. 많이 읽다 보니 쓰게 되었다.

독서가 즐겁고 행복한 일이 되어야 한다. 사람들은 그게 '억지로' 되느냐고 말한다. 그러면 연기해 보라고 말한다. 사실은 누구나 연기를 하며 살아가고 있지만 대개 연기할 줄 모른다고 대답한다. 정말 그럴까.

먼저 살아가면서 만나는 사람들을 떠올려 보라. 그런 다음 거울 앞에 서서 그 한 사람 한 사람을 불러내 대화해 보라. 당신이 얼마나 연기를 잘하는지 관찰하면서. 친구를 볼 때와 애인을 볼 때, 좋아하는 친구를 만났을 때와 싫어하는 사람을 만났을 때. 심지어 누구와 메시지를 나누느냐에 따라서도 얼굴은 달라질 것이다. 아무도 보지 않더라도. 그렇다면 당신의 진짜 얼굴은 어떤 것인가? 연기가 아닌 얼굴은 어떤 것인가?

당신이 하는 일 가운데 '자연스러운 것'이 얼마나 많은지. 하기 싫은 일이라도 하다 보니 하게 된 일은 없는가. 대부분은 '주어진 것'이고, 정말 좋아한다고 생각하는 것도 '주어진 것'이다. 심지어는 싫었던 것조차 익숙해지고 나서 좋아진 경우도 있다. 《어린 왕자》에 나오는 어법으로 말하자면 우리는 무엇엔가 길들여져 있는 것이다. 의식주가 다 그렇다. 당신이 좋아하는 음식도 마찬가지다. 입맛은 선택의 여지가 아예 없던 어린 시절부터 길들여졌다. 여기에서 '입맛'이라는 말은 당신의 취향에 대해서라면 어디에든 쓸 수 있는 광범위한 은유이다. 익숙해지면 좋아지고, 좋아하면 즐기게 된다. 독서 역시 관심을 가지는 것만으로도 좋아하는 것으로 만들 수 있다. '노오력'하면 싫어하게 될지도 모르지만.

수많은 작가들과 인터뷰한 내용을 담은 책 《작가라

서》를 보면 첫 번째 질문이 '책을 즐겨 읽으셨습니까?'이다. 대답은 거의 비슷하다. 헤밍웨이 대답은 이렇다. 우리도 대부분 들은 적이 있는 작가와 화가의 이름을 서른 개쯤 나열하다가 모두 기억해 내려면 하루는 걸릴 거라고 한다. 화가나 작곡가에게도 배울 게 많았는데 그걸 또 설명하려면 하루가 걸릴 거라고. 헤밍웨이답게 열정적으로 대답한다. 독서 역시 길들여진 것이라고 해석될 만한 대답은 여기저기에서 볼 수 있다.

성장 환경에서 집에 책이 많았던 작가도 있고 없었던 작가도 있다. 나는 책이 한 권도 없는 집에서 자랐다. 계기나 과정은 알 수 없지만 그런 환경 속에서도 책을 얼마나 좋아했는지 모른다. 독서는 내 삶 그 자체였다.

그런 독서라 해도 필요조건일 뿐 충분조건이 아님은 분명해 보인다. 분명한 것은 아무리 많이 읽어도 좋은 글을 쓰지 못하는 사람들이 아주 많다는 것. 작가의 독서에 대해 굳이 말해야 한다면 **정독과 다독의 경험이 필요하다**는 정도다.

정독은 목숨을 걸고 사랑한 경험 같은 것이다. 그래서 온몸으로 읽는 독서라고 한다. 나에게는 그런 책이 여러 권 있다. 수십 번 읽었다. 정독만큼 다독도 중요하다. 다독은 편견을 극복할 수 있게 해 준다. 온몸으로 읽은(사랑한) 경험에 객관성이라는 생명을 불어넣고, 주관적 오류라는 착각에 빠지지 않게 해 준다.

자기에게 맛있는 것이 다른 사람에게도 맛있을 것이라고 착각하는 사람들이 있다. 자기도 길들여진 것임을 모르는 것이다. 우리의 정체를 구성하는 대부분이 그렇다. 자신이 속한 작은 집단과 사회가 양육한 결과이다. 그 누구도 그런 편파성에서 완전히 벗어날 수는 없다. 조금이라도 극복하고 싶다면 스스로가 완전히 객관적일 수 없다는 것을 인정하는 데서 출발해야 한다. 그래야 자기를 의심하고 점검해 볼 테니까. 어쩌면 대화하기 위해 객관적이 되려는 것인지도 모른다.

앞으로도 많이 나오는 이야기일 텐데, 우리는 원인과 결과를 혼동할 때가 많다. 원인과 결과가 분명하지 않은 경우도 있고. 그 점도 늘 의심해 봐야 한다.

다시 하던 이야기로 돌아가자. 많은 사람과 가장 효율적으로 대화하는 방법이 바로 독서이다. 독서는 다른 사람의 편파성과 함께 자신의 편파성을 이해하는 과정이기도 하다. 그게 무엇이든 갈등이 문제를 가장 잘 보여 주기 때문이다. 비교되지 않으면 선택도 설명도 판단도 불가능하다. 다독의 필요성은 이 때문이기도 하다.

이런 내용들이 최인훈이 쓴 오래된 책, 《광장》의 서문에 담겨 있다.

> 인간은 광장을 나서지 않고는 살지 못한다. 그러면서도 한편으로 인간은 밀실로 물러서지 않고는 살지 못하는 동물이다. 사람들이 자기의 밀실로부터 광장으로 나오는 골목은 저마다 다르다. 광장에 이르는 골목은 무수히 많다. 그가 밟아온 길은 그처럼 갖가지다. 어느 사람의 노정이 더 훌륭한가 라느니 하는 소리는 당치 않다. 어떤 경로로 광장에 이르렀건 그 경로는 문제될 것이 없다. 다만 그 길을 얼마나 열심히 보고 얼마나 열심히 사랑했느냐에 있다.
>
> ─ 최인훈, 〈서문〉, 《광장》, 정향사, 1961

혹시 눈치챘는지 모르겠다. 내가 이 책을 쓰기 전에 사람들이 북적이는 광장을 얼마나 많이 헤매고 다녔는지. 이 글은 온몸을 통과했던 독서의 경험과 목숨을 건

사랑, 광장에서 만난 수많은 작가들과 나눴던 대화의
기록이다.

04 필사가
비법이 되려면

필사가 도움이 된다고 한다. 비법이라고도 하는 모양이다. 글쎄다. 많이 읽어야 한다는 것은 분명하다. 굳이 보탠다면 '아무 글'이 아니라 '좋은 글'을 읽는 게 좋을 것이고, '아무 글'은 '좋은 글'을 찾아가는 과정에서 저절로 많이 보게 된다. 좋은 글이 좋은 이유는 그 아무글과 분명하게 구별되기 때문이다. 잘 구분되지 않는다면 그냥 더 많이 읽고, 많이 써 보길 권한다. 언젠가 알게 될 테니까.

"그냥 좋은 글을 추천해 주시면 안 되나요?"

이런 질문을 꼭 받는다. 답하기가 무척 어렵다. 무엇보다 누구에게나 좋은 글은 없다. 단계의 문제도 있다. 지금 당신이 어느 단계인가에 따라 좋을 수도, 좋지 않을 수도 있다. 생각의 문제도 있다. 기술적으로 잘 썼지만 공감하기 어려운 글도 있다. 이런 자잘한 문제를 모두 초월해서 누구나 잘 썼다고 평가할 만한 글도 드물지만 있을지 모르겠다. 그런 글은 '질문자'에게 아직 먼 나라의 일이다. 당장은 도움이 안 된다. 오히려 글을 쓰지 못하게 만들지도 모른다. 오랜 편집자 경험에서 비슷한 경우를 여러 번 보았다. 목표치를 너무 높게 잡으면 포기하게 된다. 지금 자기에게 좋은 글은 자기만 안다.

두 종류의 좋은 글이 있다. 말 그대로 글 자체가 좋은 경우이고(형식과 내용이 조화로운 글을 스타일이 좋다고 한다), 글 자체는 좋지 않지만 꼭 알아야 할 지식과 통찰력이 담겨 있는 경우다. 좋은 내용이 꼭 좋은 문장에 담겨 있는 것은 아니다.

예를 들어 내가 해 온 인문학 강독 커리큘럼에서는 월터 J. 옹의《구술문화와 문자문화》를 다룬다. 번역된 글은 난감하기 이를 데 없다. 물론 번역의 문제가 전부는 아니다. 영어권 독자들에게도 어려운 책이다. 이 책에 담긴 통찰을 이해하는 사람과 이해하지 못하는 사람 사이에는 아주 큰 차이가 생긴다. 거칠게나마 줄이면 이런 내용이다.

우리는 말로 생각한다. 여기서부터 문제가 생긴다.

말이 생각 그대로인 경우가 드물다. 길어질수록 더 그렇다. 말에는 다양한 맥락이 포함되어 있다. 글에는 그런 맥락이 담기지 않는다. 적어도 말을 둘러싼 맥락이 글에 그대로 포함되기는 어렵다. 그래서 시나리오를 받은 배우는 소리의 크기와 억양, 어조를 고민할 수밖에 없다. 연기할 때는 글에 담긴 맥락을 모두 살려내야 하기 때문이다. 어떤 배우는 큰 소리로 어떤 배우는 작은 소리로 말할 것이다. 말과 글이 아주 다르기 때문이다. 글을 쓰는 사람도 당연히 가상의 맥락을 만들고 그 맥락 속에서 적절한 '말'을 쓰지만 그 맥락이 그대로 전달되지 않는다. 심지어는 쓴 사람조차 글에서 자기 생각과 '다른' 맥락을 읽어낸다. 글쓰기를 가르쳐 보면 자주 듣게 되는 말이 있다.

"다 쓰고 보니 제 생각하고 다른 것 같아요."

이런 정도만 생각해 보아도 '구술문화와 문자문화'에 대한 지식과 통찰력이 얼마나 중요한지 짐작할 수 있을 것이다. 이처럼 꼭 필요한 지식이 담긴 글도 좋다고 말할 수 있다. 스타일의 문제는 있지만.

그 유명한 《역사란 무엇인가》도 마찬가지다. 이 책의 내용은 저자가 영국의 역사학자들 앞에서 강연한 것이다. 당연히 일반인들에게는 낯선 개념들이 아무렇지도 않게 자주 등장한다. 게다가 영어에 익숙한 학자의 언어로 번역되어 있다. 어려울 수밖에 없지만 그만큼 대단한 통찰력이 담겨 있다.

혹시 《김상욱의 양자 공부》를 보았다면 궁금할지도 모르겠다. 그의 책은 글이 좋기로도 유명하다. 어려운 '양자'에 대해 쉽고 재미있을 뿐 아니라 '아름다운 문장'으로 써냈다. 다른 분야에도 어려운 내용을 쉽게 쓴 책이 있지 않겠는가. 드물다. 내가 보기에는 김상욱이 아주 특별한 경우이다.

정독해야 하는 책이지만 스타일이 좋지 않은 경우에는 읽은 것을 요약하고 감상을 써 보면 좋겠다. 자신의 언어 안에 내용을 담아 보는 것이다. 그렇게 쓴 것을 책의 내용과 비교해 보아야 한다. 저자의 통찰과 그것에 대해 쓴 내 '언어'가 얼마나 다른지 점검해 보는 것이다. 그런 과정을 통해 '언어 감각'을 키울 수 있다. 조심해야 할 것은, 내용만 받아들이고 문장이나 표현법 같은 것은 배우지 않아야 한다.

글 자체가 좋은 경우에도 무작정 따라 쓰는 것은 효

과가 아주 적다. 의미 단락을 나누어 필사 범위를 정하고 그 부분을 적어도 세 번에서 다섯 번 정도 읽어 보라. 내용을 충분히 이해했다면 책을 덮고 기억에 의존해서 써 본다. 저자가 어떤 내용을 어떤 언어로 어떻게 표현했는지를 떠올려 가면서. 저자의 언어를 자신의 언어로 만드는 것이 중요하다.

앵무새처럼 따라 하지 말라는 것이다. 문장에 담긴 의미와 생각, 그것을 표현하는 방식을 완전히 자기 것으로 만들어야 한다. 자신의 언어가 되어 '자연스럽게' 흘러나오게 해야 한다. 그런 의미에서 패러디는 아주 좋은 방법이다. 많은 것을 얻을 수 있다. 특히 오랜 세월이 걸려야 만들어지는 두 가지를 빠르게 습득할 수 있다. 통찰력과 그에 걸맞은 표현법이다. 이 두 가지가 잘 어우러지면 글은 음악처럼 리드미컬해진다. 쉽게 배울 수 없지만 궁극적으로 익혀야 하는 기술이다.

일상생활을 묘사하고 설명하는 글의 리듬감은 비교적 어린 나이에도 습득할 수 있다. 앞에서도 언급한 김애란이 그런 예라고 본다. 이십 대 초반에 데뷔했는데 그 당시 작품의 스타일이 아주 좋다. 다음은 스물두 살 때 쓴 데뷔작의 일부이다.

> 내 앞방의 여자는 라디오를 듣고 있다. 아마도 그녀는
> 나처럼 배를 깔고 바닥에 엎으려 있을 거다. 복도 끝, 다
> 용도실에서는 야밤에 세탁기 돌아가는 소리가 난다. 세
> 탁기는 밤에 자주 돈다. 아니, 전체적으로 이 집은 주로
> 낮보다는 밤에 활기를 띤다. 그러나 밤 세탁이 실제로
> 허용된 것은 아니다.
> ─ 김애란, 〈노크하지 않는 집〉, 《달려라 아비》, 창비, 2005, 전
> 자책

박민규, 이기호, 구병모의 글도 대개는 스타일이 좋다.
이외에도 소설이나 에세이에서 좋은 글 찾기는 그리
어렵지 않다. 논픽션의 경우는 드물지만.
　평론의 경우라면 권성우의 《비평의 고독》, 황현산
의 《잘 표현된 불행》, 신형철의 《몰락의 에티카》가 좋
다. 다만 이 책들은 어느 정도 '준비된 독자'를 위한 것
이다. 천정환의 글도 좋다. 언론에서 쉽게 찾아볼 수 있
다. 시의성도 강하고. 그가 쓴 책으로는 《근대의 책 읽
기》를 봐 두면 좋겠다. 정종현과 공저한 《대한민국 독

서사》도. 젊은 평론가라면 허윤진의 글도 좋은데, 책이 《5시 57분》 한 권밖에 나와 있지 않은 데다가 절판되었다. 가벼운 에세이 같은 평론이라면 황현산의 《밤이 선생이다》를 추천한다. 평론의 경우에는 필사도 필사지만 '알아야 할 지식이 담긴 좋은 글'이 많으므로 요약하면서 지식을 습득할 필요도 있다.

과학책이라면 이명현, 이정모의 글이 좋다. 김상욱은 아주 뛰어난 글쟁이다. 요즘은 스타일이 좋은 과학책 번역서도 꽤 많다. 매트 리들리의 《본성과 양육》은 문장이 아주 좋다. 홍승수 번역의 《코스모스》도 좋다. 《코스모스》는 한국에서 여러 번 번역되었는데 이런 경우에는 최신 번역본을 보길 권한다.

사회학자 노명우의 《세상물정의 사회학》도 스타일이 좋고, 건축 쪽이라면 서현의 《배흘림기둥의 고백》이 특히 그렇다. 미술이라면 누가 뭐래도 곰브리치의 《서양미술사》 최신판을 권한다. 오래된 책이지만 통찰력이 번뜩이는 글솜씨로 쓰인 최고의 미술책이다. 음식과 관련된 것이라면 박찬일의 책 《노포의 장사법》을 권한다.

떠오르는 대로 주워섬기는 것은 이 정도에서 그만두

어야겠다. 헤밍웨이 말마따나 하루 종일 걸릴 것이다. 왜 좋은지까지 설명해야 한다면 일주일이 걸릴지도 모르고.

지금쯤 눈치챘을지 모르겠다. **필사는 정독하는 방법 가운데 하나이다.**

05 말하는 것처럼
쓰면 된다?

'말하는 것처럼 쓰면 된다.' 이 문제는 말과 글의 차이를 이해하면 쉽게 풀린다. 구체적인 예를 찾으면 쉽고 간단하게 설명할 수 있을 것이라고 생각했다. 무척 노력했지만 결국 그러지 못했다. '말은 사라지고 글은 남는 것'이어서 그런지도 모르겠다. 좀 추상적인 설명이 될 수밖에 없다.

이 말은 논리적으로 보아도 아주 이상하다. 무엇보다 사람들은 누구나 말을 잘하는 것이 아니다. 어눌하게 말하는 사람은 어눌하게 말하는 것처럼 쓰면 된다? 사투리를 쓰는 사람은 사투리로 말하는 것처럼 쓰면 된다? 그럴 리 없다. 그렇다면 글쓰기를 배우기 전에 말을 잘하는 방법부터 배워야 한다는 뜻일까? 그런 말 같지는 않다. 도대체 말하는 것처럼 글을 쓰면 된다는 비법은 구체적으로 어떻게 하라는 것일까? 말을 아주 잘하는 아나운서가 말하는 것처럼 쓰면 된다는 뜻일까? 그러면 글을 잘 쓰고 싶은 사람은 모두가 아나운서처럼 말을 잘해야 한다는 뜻이 되거나, 아나운서가 말하는 것을 열심히 연구해서 말하는 것처럼 써야 한다는 말이 되는데, 그럴 리 없다. 그건 너무 어렵다.

제안하고 싶은 것은, 이 글을 읽기 전에(또는 읽은 뒤에) 친구들과 토론하고, 그것을 녹음해서 말을 글로 '번역'해 보라. 말과 글이 얼마나 다른지 실감할 수 있을 것이다. 이는 좋은 글쓰기 훈련 방법 가운데 하나이기도 하다. **글쓰기란 말을 글로 받아 적는 것이 아니라 상황을 글로 번역하는 것이다.**

해 보면 알겠지만 말하는 것처럼 쓰면 글이 잘 '안' 된다. 말은 사건이고 글은 공예품과 비슷한 사물에 가깝기 때문이다. 말은 소리여서 사라지는 그 순간에만 존재한다. '글쓰기'라고 말할 때 '기'라는 소리는 '글쓰'가 사라진 뒤에 나타난다. 이처럼 끊임없이 생겼다가 사라지는 말을 사용해서 생각하고 그 생각을 글로 번역한다. 생각 속에는 소리의 톤이나 크기, 이미지도 포함되어 있다. 그러니 말만 글로 바꾼다고 소통할 수 있는 글이 될 리가 없다.

우리의 기억력에도 한계가 있다. 말을 길게 하면 장

황하고 중복하게 된다. 말은 발화하는 순간 사라지기 때문에 잘 소통하기 위해서는 앞에서 한 말을 되풀이해야 할 때도 많다. 그래서 녹음한 토론을 글로 바꾸는 일은 어렵다. 간결하게 줄이면서 낱말과 의미의 중복을 제거해야 하고, 필요하면 맥락에 대한 설명을 덧붙여야 한다.

혼자서 생각할 때도 마찬가지다. 끊임없이 사라지는 말을 잊지 않으려고 노력하면서 생각해야 한다. 긴 시간 생각하다 보면 앞에서 생각한 것이 무엇이었는지 잊을 때도 많다. 메모라도 해야 분석적이고 논리적인 생각이 어느 정도 가능하다. 물론 메모로는 충분치 않다. 시간이 지나면 '기억을 되살리는 실마리'만 될 뿐이니까. 그것만으로 당시 생각을 제대로 기억해 내기는 어렵다. 완전한 문장으로 써 두어야 한다.

그래서 글쓰기가 중요하다. 글로 써 두지 않으면 자기가 무슨 생각을 했는지, 무슨 생각을 하는지, 어떤 일이 있었는지도 잘 모른다.

'무슨 생각을 하셨던가요?' 물어보면 대개는 잘 설명하지 못한다. 생각은 휘발성이 강해서 금방 날아가 버리기 때문이다. '쓴 것'만이 유일하게 남아 있는 생각의 흔적이다. 마음에 들든 들지 않든 쓴 글이 자기 생각이다.

이런 일이 있었다고 해 보자. 친구가 통화를 하다가 화를 내고 욕을 하면서 끊어 버렸다. 순간 이런 문장이 떠오를 수 있다. '내가 이런 욕을 먹다니 있을 수 없는 일이야.' 본인은 맥락을 '너무나 잘 알기' 때문에 이 한 문장으로 충분하다. 일기에 이렇게만 써 두어도 충분할지 모른다. 그렇지만 다른 사람에게 전달하려면 앞뒤 상황을 자세히 설명해야 한다.

한 친구가 있어. 몇 달쯤 전 일이야. 어느 날 전화해서 100만 원만 빌려 달라는 거야. 급한 일이라기에 두말하지 않고 보내 줬지. 그 친구는 한 달 뒤에 갚겠다고 했지만 그러지 않았어. 나도 갚으라고 말하지 못했어. 그런데 어제 전화하더니 또 돈을 빌려 달라는 거야. 지난번에 빌려 간 돈에 대해서는 일언반구도 없이. 뻔뻔하다고 생각했지만, 돈을 빌려 달라는 친구에게 돈을 갚으라고 말하는 건 너무 야박한 것 같아서 못했어. 그렇지만 빌려주고 싶지는 않았어. 돈이 없다고 했지. 그랬더니 지난주에 영화사에서 로열티 들어오지 않았느냐고 물어. 전에 내가 무슨 이야기 끝에 말한 것을 기억하고 있다면서. 조금 짜증 났지만 좋게 말했어. 나도 급하게 써야 할 데가 있어서 써 버렸다고. 그랬더니 느닷없이 내가 거짓말을 한다는 둥, 나쁜 새끼라는 둥, 두고 보자는 둥, 마구 욕을 하면서 전화를 끊는 거야. 잠시 멍했어. 내가 그런 욕을 먹다니 있을 수 없는 일이야. 그렇지 않아?

이렇게 자세히 써 두어야 시간이 지나도 분명히 기억할 수 있다. 글은 이처럼 나와 내가 대화한 기록이기도 하다. 그나마 이런 경우는 앞뒤 사정을 '자세히' 설명하면 되지만 배경이나 그림을 함께 그려 주어야 하는 상황에서는 '지식'이 필요하다. 많은 것들의 이름을 알아야 하기 때문이다. 좋은 예는 《파브르 곤충기》에서 찾을 수 있다.

사실 볼거리가 그것만은 아니다. 아가미가 마치 산호 가지처럼 보이는 어린 도롱뇽이 양탄자가 펼쳐진 듯한 개구리밥 밑에 숨어 있는 건 아닌지, 시냇물에는 귀염

둥이 큰가시고기가 남색과 붉은 자줏빛의 혼인색 목도리를 두르고 있는 건 아닌지도 보고 싶었다. 어디 그뿐이랴, 강남에서 방금 돌아온 제비가 열심히 산란 중인 각다귀를 잡겠다고, 뾰족한 날개로 목장 위를 스쳐 날며 악착스럽게 쫓아다니는 건 아닌, 바위틈에 둥지를 튼 도마뱀이 양지에서 햇볕을 즐기려고 푸른 점으로 얼룩진 꼬리를 펼쳐 놓고 있는 건 아닌지도 보고 싶었다.

— 장 앙리 파브르, 《파브르 곤충기 1》, 현암사, 2006, 16쪽

실제 상황이라면 이렇게 복잡하게 말할 필요가 없다. '양탄자가 펼쳐진 듯한 개구리밥' 대신에 '저기'라고만 해도 될 테니까. 여기, 저기, 이것, 저것만으로도 대개 소통이 된다. 개구리밥이라는 풀이름을 몰라도 괜찮다. 글로 써야 한다면 사정이 달라진다. 독자가 상황을 그려 낼 수 있도록 구체적으로 제시해야 한다. 그러기 위해 '개구리밥, 도롱뇽, 큰가시고기, 제비, 각다귀, 도마뱀'과 같은 이름뿐 아니라 생김새와 생태에 대한 지식도 필요하다. 그것을 표현해 줄 적절한 형용사, 부사, 동사도 알아야 한다. 마지막으로는 그 낱말들을 효과적으로 배열할 줄도 알아야 한다. 글에는 소리나 몸짓

이 조금도 담기지 않기 때문이다. 말과 글은 그만큼 다르다. 그러니 말하는 것처럼 글을 쓰면 된다니, 그럴 리가 없다.

o6 유심히 관찰하면
잘 묘사할 수 있다?

글을 쓰면 무엇이든 만들 수 있다.

—C. S. 루이스

인간의 언어가 가진 가장 놀라운 특성은 '없는 것'을 있게 만드는 힘이다. '없다'라는 말은 인간의 언어에만 있다. 없는 것은 없는 것이니 없는 것은 없어야 한다. 그런데 사람들은 '없다'고 말함으로써 '없는 것'을 있게 만들었다. 한자로는 무無이고 숫자로는 0^{zero}이다. 한걸음 더 나아가 '없다'는 말을 사용하여 무한하게 큰 숫자를 만들어 낸다. 0을 붙여서 큰 숫자를 손쉽게 만들고 더없이 큰 숫자는 '무無한대'라고 부른다. 한이 '없다'는 말로 어마어마하게 큰 어떤 것을 표현해 내는 것이다.

인간의 언어는 아무 의미 '없는' 소리를 짜깁기해서 무한대의 의미를 만들어 낸다. 알다시피 자음(ㄱ, ㄴ,

ㄷ, ㄹ, ㅁ……)과 모음(ㅏ, ㅑ, ㅓ, ㅕ, ㅗ, ㅛ……)은 아무 의미가 '없는' 소리다. 이는 알파벳도 마찬가지다. 이 의미 없는 소리를 사용해서 의미를 만드는 것. 이것이 인간이 가진 언어의 특징이다.

거기에서 끝나는 것이 아니다. 의미 없는 소리를 사용해서 의미 있는 낱말을 만들지만, 그 낱말의 의미는 문장 속에서 다시 달라진다. 낱말은 몇 가지 가능성만 담고 있을 뿐 문장이라는 맥락 속에 들어가기 전에는 분명한 뜻을 가지지 못한다. 하나의 문장도 마찬가지다. 문장은 낱말 하나보다 의미가 조금 더 분명해지지만, 여러 개의 문장으로 좀 더 분명한 맥락을 만들어 내기 전에는 여전히 희미하다. 물론 여러 개의 문장으로 '비교적' 분명한 의미를 만들어 냈다고 해도 그 언어가 누구에게나 분명한 것도 아니고 누구나 완전히 같은 의미로 받아들이지도 않는다. 가장 유명한 예는 이것이다.

사면 불가능 사형 집행 / 사형 집행 불가능 사면

Exécution, impossible remettre. / Exécution impossible, remettre.

사용된 낱말은 같지만 앞뒤 문장의 뜻은 전혀 다르다. 한국어 문장을 보라. 첫 번째 문장은 사형 집행에 초점이 맞춰진다. 서술어는 앞의 명사를 받기 때문이다. 두 번째 문장은 사면이다. 같은 낱말을 사용했지만 그 뜻은 천국과 지옥을 오간다. 영어나 프랑스어(대개의 유럽어)는 콤마가 어디에 찍히느냐에 따라 의미가 달라진다. 앞 문장은 사면 불가능하니 사형 집행하라는 것이고, 뒤 문장은 사형 집행하지 말고 사면하라는 것이다. 같은 낱말을 쓰지만 그 뜻은 정반대가 된다. 이처럼 인간의 언어는 맥락에 따라 다른 뜻이 된다.

외국에 나가서 비행기 표를 살 때 낱말 하나만으로도 소통할 수 있긴 하다. 판매 창구에 가서 '티켓^{ticket}'이라고 말하는 것이다. 그러나 이 경우도 표를 판매하는 창구에 가서 '표'라고 말한다는 맥락이 있기 때문에 잘 소통되는 것이다. 그럼 창구 직원은 'Where to?'라고 물을 것이다. 이런 상황에 대해 다른 사람에게 설명해야 한다면 문장이 필요하다.

표를 파는 창구에 가서 '표'라고 말했더니 '어디로?'라고 묻더라.

I went to the ticket office, said just 'a ticket', then the ticket agent asked me 'where to?'.

이처럼 문장을 통해 상황과 맥락을 분명히 해야 낱말의 뜻이 뚜렷해진다.

가끔 낱말 하나나 손짓, 표정만으로 소통이 되기도 한다. 그럴 때 사용하는 언어는 인간의 언어라고 할 수 없다. 유인원들도 그런 '언어'를 가지고 있기 때문이다. 침팬지들도 일상생활과 관련된 다양한 메시지를 주고받을 줄 안다. 감정 표현뿐 아니라 사교적인 표현도 하고, 명령하고 받을 줄도 안다. 의도적인 거짓말까지도. 그러니까, 누군가를 부르거나 '밥 먹어', '싫어', '좋아' 정도라면 유인원의 언어인 것이다.

언어의 기원에 관한 다양한 이론이 있지만 대부분 동의하는 것이 하나 있다. 인간의 언어는 사회성 발달과 깊은 관계가 있고 그와 함께 뇌의 용량도 커졌다(똑똑해졌다)는 것이다. 인간의 언어는 사회적인 관계를 잘 조절하기 위해 만들어진 것이라는 주장이다.

재미있는 설명으로는 이런 것이 있다. 암컷을 차지

하기 위해 싸움질에 바쁜 원숭이의 두뇌는 부드럽고 사회적인 성격을 가진 원숭이의 두뇌보다 더 작다. 몸 크기에 비해서도 아주 작다. '단무지'에는 두뇌가 필요하지 않다는 방증이다. 거꾸로 일부일처제를 고수하는 원숭이의 두뇌는 컸다. 그렇지만 인간의 두뇌에는 비할 바가 못 된다. 그 역시 사회성과 관련이 있다. 일부일처제 원숭이들은 '다른 가족'과 멀리 떨어져 지내며 접촉하는 일이 거의 없다. 잠재적인 경쟁자들과 함께 살아가지 못하는 것이다.

그러나 인간은 완전히 다르다. 일부일처제를 고수하지만 잠재적 경쟁자들과 서로 협력하며 살아 낸다. 그러기 위해서는 고도의 지적 능력이 필요하다. 질서 의식을 내면화하면서 본능을 억제할 줄도 알아야 한다. 필요하다면 의도적인 연출이나 연기도 해야 한다. 상대방의 감정을 이해하는 정도를 넘어서 예측할 수 있어야 하고 조금이라도 조작할 줄 알아야 한다. 그 모든 것이 정교한 인간 언어에 의해 가능했다. 정교한 언어가 없다면 그런 복잡한 생각을 해낼 수가 없다. 생각하면서 드러낼 것과 드러내지 않을 것을 가리는 것도 '언어로 생각한 결과'다.

'도덕'과 같은 추상적인 개념의 사용과 시공간을 넘나드는 가상 무대, 거기에서 일어날 법한 스토리를 만들 수 있는 인간의 언어 능력으로 가능했던 것이다. 긴이야기는 미래를 짐작하기 위한 시뮬레이션, 즉 가상현실이다. 앞에서 말했듯이 인간 언어의 특징은 '없는 것'을 있게 만드는 것이다. 있는 것을 묘사하거나 그대로 드러내기 위해 만들어진 것이 아니다.

조금 충격적일지 모르지만, 인간 언어의 기원을 살펴추론해 보면 인간 언어는 '진실을 표현하기 위해 발명된 게 아닌 것' 같다. 질서를 내면화하기 위한 의미를 발견하고 그것을 전달하는 도구였을 뿐이다. 그러니까 오감으로 느낀 것을 '그대로' 표현할 수 있다는 생각은 애초에 불가능한 바람이다. 언어는 눈으로 본 것을 묘사하려고 만들어진 것이 아니기 때문이다.

그래서 미술이 생겨난 게 아닐까. 어떤 장면을 보든 감상을 표현하기는 쉽지만 본 것을 그대로 묘사하기는 어렵다. 언어란 원래 보이는 것이 아니라 보이지 않는 이면(또는 내면)을 드러내는 데 특화되어 있다.
예를 들어 단풍이 붉게 물든 가을 숲을 혼자 산책한 뒤

그리운 사람에게 이렇게 문자 보내는 것은 아주 쉬운 일이다. "온 세상이 그리움에 불타는 마음으로 뒤덮여 있었어요."

그러나 풍경을 그대로 묘사한다고 해 보자. 식물의 이름을 모르면(언어를 가지지 못했다면) 산수유나무, 단풍나무, 벚나무, 옻나무, 붉나무, 복자기, 팥배나무를 보고도 보지 못한다. 빨간 잎을 가진 나무는 모두 단풍일 뿐이다. 이름과 생김새를 아는 사람이라면 나무 이름만으로도 숲을 구체적으로 상상할 수 있다. 이름이 없는 것들, 혹은 잘 알려지지 않은 이름을 가진 것들은 호명되지도, 기억되지도 않는다.

굳이 이런 말을 하는 이유는 두 가지다. 그럼에도 불구하고 언어로 무엇인가를 표현하고 싶다면 사물의 이름을 기억해야 한다는 것, 그리고 그것이 언어의 한계임을 잊지 말고 언어로 잘할 수 있는 것과 잘할 수 없는 것을 알아 두자는 것이다.

언젠가 가을 숲을 다녀와서 이런 글을 쓴 적이 있다.

억겁의 세월을 견뎌온 화석이 노랗게 깔려 바람에 흔들리고 있었다. 은행나무 숲을 지나 이별을 예고하는 핏

빛 단풍이 산수유 잎에도 내려앉았다. 예고된 이별이 너무나 선명하게 피멍을 남긴 단풍나무들. 죽은 나무를 오르다 말고 고개 돌린 볼 빨간 담쟁이 잎이 한숨을 돌리고 섰다. 거대한 두근거림이 숲을 흔들어대자 세월이 우수수 떨어졌다. 오래된 사랑이 흔들리다 견디지 못하고. 아슬아슬하게 매달려 버티는 불타는 사랑들. 깡마른 수숫대들은 떼를 지어 세차게 손을 흔들고. 좀 더 지나자 다 허물어져 가는 벽에 울고 있는 아이가 그려져 있다. '안녕히 가세요. 또 오실 거죠?' 그 근처에는 앙상한 가지만 남은 나무가 곁에 서 있었다.

나무 박사라면 어떤 글을 쓸까? 다음은 《나무 탐독》에 나오는 한 구절이다.

동백은 예쁜 꽃임에는 틀림없으나 꽃이 지는 방식이 특별하다. 꽃잎이 하나둘씩 떨어져나가는 것이 아니라 꽃 전체가 통째로 톡 떨어져버린다. 그래서 노래처럼 동백꽃은 사랑을 이루지 못하고 배신당하는 여인을 상징한다. 흔히 비련의 주인공이 되는 동백꽃이 엉뚱하게 절 부근에 숲을 이루는 경우가 많다. 고창 선운사, 강진 백

련사, 진도 쌍계사 등 절마다 규모의 차이는 있지만 동백나무 숲을 흔히 만날 수 있다. 여기에는 이유가 있다. 잎이 두꺼운 늘푸른잎 동백나무는 아왜나무와 함께 산불이 났을 때 불이 잘 옮아 붙지 않아 방화수防火樹 역할을 톡톡히 해낸다. 아울러 고급 머릿기름으로 쓰이는 동백 열매는 절의 재정에 큰 도움이 된다.

— 박상진, 《나무 탐독》, 샘터, 2015

어느 글이나 표면보다는 내면에 초점이 맞춰져 있다. 인간에게는 그것 자체보다는 그것의 의미가 중요하기 때문이다. 《나무 탐독》에는 나무나 숲의 사진이 있다. 글만으로는 상상이 잘 안 되는 장면은 사진으로 보충된다. 사진을 보고 나서 글을 읽으면 쉽게 상상할 수 있다. 아는 것을 떠올리는 데는 글이 더 나은 점이 있다. 사진은 표면이고 글은 내면이다. 보이지 않는 것을 보게 해 준다. 그림이 사진과 다른 점도 그것이다. 사진 역시 찍힌 것과 똑같지 않지만 그림은 아주 다르다. 표면 아래에 있는 내면을 드러내기 때문이다. **인간의 언어는 있는 것을 묘사하고 설명하기보다는 없는 것을 있게 만드는 데 훨씬 더 특화된 마법의 도구다.**

정유정은《종의 기원》을 시작하면서 영리하게도 꽃 이름 하나와 새 이름 하나로 분위기를 전달한다.

> 태양이 은빛으로 탔다. 5월의 여울 같은 하늘 아래로 띠구름이 졸졸 흘러갔다. 성당 안뜰을 에워싼 설유화 꽃가지들 속에선 휘파람새가 울었다.
>
> ─ 정유정,《종의 기원》, 은행나무, 2016, 7쪽

우리는 5월의 설유화 모습과 휘파람새의 울음소리를 잘 알고 있다. 그래서 작가가 전달하려는 분위기를 느낄 수 있다.

이처럼 묘사할 때는 어떤 것의 이름을 사용할 수밖에 없다. 그렇지만 낯선 맥락 속에서 낯선 이름을 사용해야 한다면 읽기 어려운 글이 되고 만다. 예를 들면 허먼 멜빌의《모비 딕》같은 소설이 그렇다. 이야기의 배경은 주로 19세기 중반의 고래잡이 범선이다. 현대인의 입장에서는 너무나 낯선 맥락이고, 그 맥락 속에 등장하는 사물의 이름이나 인물들의 행동 역시 낯설기 짝이 없다. 당연히 글만으로는 이야기의 무대를 그려내기가 너무 어렵다. 이럴 때는 영화나 그래픽노블을

봐 두는 것이 소설을 독해하는 데 크게 도움이 된다. 다음은 《모비 딕》의 '67장 고래 해체'의 한 부분이다.

우선, 대개 녹색으로 칠해진 도르래 장치를 포함하는 육중한 기구들 가운데 특히 거대한 절단기는 혼자서 들어 올릴 수 없을 만큼 무겁다. 우선 포도송이 같은 이 거대한 기구가 흔들거리며 주돛대 위의 망대에 올려져 갑판 위에서 가장 튼튼한 곳인 뒷돛대 꼭대기에 단단히 묶인다. 복잡하게 얽히고 설킨 기구들 사이를 굽이쳐 나아가는 닻줄 모양의 밧줄 끝이 양묘기로 이어지고, 도르래에는 무게가 50킬로그램이나 되는 커다란 갈고리가 부착된다. 항해사 스타벅과 스터브는 뱃전에 걸쳐진 발판 위에 올라서서, 두 개의 옆지느러미 가운데 가까운 지느러미 바로 위에 기다란 고래 삽으로 갈고리를 걸기 위한 구멍을 뚫기 시작했다.

— 허먼 멜빌, 《모비 딕》, 작가정신, 2010, 전자책

상상력이 뛰어난 사람이라고 해도 이 글만으로 장면을 상상하기는 매우 어려울 것이다. 나는 이 소설을 좀 더 잘 읽어 내기 위해 먼저 영화를 보았다. 가장 큰 도움이

되었던 것은 〈하트 오브 더 씨〉(2015)였다. 작가가 작품을 쓰기 위해 취재하는 과정이 담겨 있다. 실제 사건을 겪고 가까스로 살아남은 생존자에게 들은 이야기가 생생하게 재현된다.

낯선 맥락과 낯선 이름 때문에 읽어 내기 어려운 것은 영어권 독자들도 마찬가지였다. 20세기 중반까지 런던도서관에서 《모비 딕》이 고래학 서가에 꽂혀 있을 정도였으니 말이다. 판매량 역시 아주 적었다. 초판이 출간된 뒤 40년 동안 겨우 3,200부가 팔렸을 뿐이다.

한국인 독자들에게야 말할 것이 있겠는가. 번역하기도 어려웠을 것이다. 대규모 포경산업을 경험한 적이 없었으니 적절한 번역어가 없는 경우도 많았을 것이고. 그런 상황에서 영어의 운율과 그에 따른 함축적인 의미를 살려 내는 것은 불가능에 가까운 일이다.

그러니 이 작품이 출간되고 160년이 지난 2010년에야 웬만큼 만족할 만한 한국어 번역판이 나왔다는 것도 이상한 일이 아니다. 제대로 된 번역본의 시작은 김석희가 번역하고 작가정신에서 출간된 《모비 딕》이라 생각한다. 물론 그 이전에도 번역본이 있었고, 그것들이 도움이 되기는 했겠지만.

07 한자말은 우리말이 아닌가?

—우리말에 대한 오해 01

아직도 이런 말을 듣게 될 때가 있다. "우리말로 써야 한다." 들을 때마다 궁금하다. '우리말'은 어떤 것인가? 우리는 누구인가? 민족이라는 말이 '상상의 공동체'이듯 이 경우 '우리'도 상상 속에만 있다. 우리가 누구인지는 분명치 않다.

조선 시대 내내 한글은 미천한 사람이나 여자가 쓰던 '언문諺文'이었다. 여기서 언諺은 상말이라는 뜻이다. 지배층은 한자말이나 한문을 썼다. 여기에서 '우리'는 상말만 쓰던 미천한 사람들인가, 아니면 진서眞書, 한자말을 쓰던 지배층인가?

그뿐만이 아니다. 뒤에서 다시 자세히 다루겠지만, 현대 한국어에는 일제강점기 동안 중국과 일본에서 서구의 문물을 번역한 단어가 수없이 들어왔다. 해방 뒤에는 영어를 비롯한 외래어가 봇물 터지듯 했다. 그것들은 한국인이 만든 한국어가 아니다. 문화를 받아들이면서 따라 들어온 것들이다. 수입된 사물이나 개념 가운데 어떤 것들은 번역조차 할 수 없어서 그대로 쓰는 것도 많다. 현대 한국인이 쓰고 있는 언어는 이렇게 근대를 거치면서 들어와 자리 잡은 것이다. 그렇게 '들어온 어휘'를 쓰지 않으면 현실을 제대로 표현하기 어렵다.

이렇게 만들어진 한국어를 쓰면서도 여전히 '우리말'로 써야 한다는 사람들이 있다. 좋다, 그러면 하나씩 짚어 보자. 우리말은 어떤 것인가? 가끔 순우리말이라고도 하는데, 재미있는 것은 앞에 붙인 순純이 한자말이다. 토박이말이라고도 하는데 이때 '토'는 '본토本土'의 준말이다. 고유어固有語는 아예 한자말이다. 표기表記도 마찬가지이고. 한자漢子말을 빼면 논의論議도 시작始作하기 어렵다.

이처럼 우리가 사용하는 한국어에는 생각보다 한자어가 많다. 70~80퍼센트쯤 될지도 모른다. 요즘은 서양에서 들어온 외래어가 하도 많아 그 비중이 조금은 줄었겠지만. 대개의 문장에서 조사와 한두 개의 형용사·부사를 빼면 거의가 한자말이다.

내가 보기에 한자말을 고유어에서 빼기는 불가능하

다. 고유어처럼 쓰이는 한자말이 너무 많고 구별하기도 어렵다. 나를 가장 놀라게 한 것은 수염이었다. 젊은 시절에 이광수의 수필을 읽다가 한자로 쓰인 '수염鬚髥'을 보고 놀랐다. 사람 모습을 지칭하는 아주 보통의 이름인데 한자말이었다니. 그때 제대로 책을 읽으려면 한자를 몰라서는 안 되겠다는 생각이 들었다.

우선, 한국어에 쓰이는 한자말이 어느 정도인지 한번 보도록 하자. 다음 문장에서 한자말이 몇 개인지 찾아내 보기 바란다.

도대체 고추가 맵지 않아요. 정말인가요? 물론이죠. 진짜로 배추 맛이 이상해요? 김치가 그렇단 말이죠? 수저를 가져다드릴까요? 젓가락이 여기 있어요. 먹어 보니 괜찮은데요? 솔직하게 말하면 저는 무척 맛있어요. 좋은 양념도 적당하게 들어가서 훌륭합니다. 제 입맛으로는 생강을 조금 더 넣으면 좋겠어요. 그런데 지금 방귀 뀌었어요? 예, 미안합니다.

많이 찾았다는 사람도 이상, 수저, 솔직, 적당, 훌륭, 미안, 이렇게 여섯 개 정도를 말할 것이다. 그렇지 않다.

스무 개나 된다. 한 문장에 한자말이 하나 이상 포함되어 있다. 특히 명사는 대부분 한자말이다. '중요한 의미'가 담긴 단어도 한자말인 경우가 많다. 조사나 약간의 형용사·부사만 고유어이고. 다음은 모두 한자말이거나 한자말에서 온 것이다.

도대체都大體, 고추苦椒, 정正말, 물론勿論, 진眞짜로, 배추[白菜], 이상異常, 김치[沈菜], 수저[匙箸 또는 手箸], 젓가락[箸~], 괜찮다[怪異치 않다], 솔직率直, 무척[無尺], 양념[藥念], 적당適當, 훌륭[囫圇], 생강生薑, 지금只今, 방귀[放氣], 미안未安*

도대체, 정말, 진짜로, 무척, 방귀, 미안까지……. 모두 한자말이라는 것을 아는 사람은 아주 드물다. 이 정도면 한자말 없이 생각인들 하겠는가. 그렇다면 한자말도 '우리말' 아닌가.

어원 설명에는 어느 정도 이견이 있다. 가장 큰 문제는 이런 것이다. 고유어를 비슷한 소리가 나는 한자로

---

* [ ] 안에 들어간 한자말은 어원이다.

적어 사용하다가 정착된 것인지, 원래 한자어였던 것이 고유어로 정착된 것인지를 분명하게 밝히기는 불가능에 가깝다. 고려 시대의 기록물은 원나라가 침입했을 때 대부분 불타 버렸고 조선 시대 전기의 기록 역시 임진왜란과 병자호란을 겪으면서 그랬으니 학자들의 연구도 쉽지 않은 것이다.

위에 예로 든 것은 대부분 학자들이 동의하는 한자말이다. 여기에서 '양념'과 '괜찮다'의 경우는 이견이 좀 있다. 특히 양념의 경우는 생각해 볼 만하다. 원래 한자말 약념藥念에서 양념이 나왔는지, 양념이라는 고유어를 한자어로 표기한 것인지 분명치 않다. 중국어판 위키피디아에 들어가 보면 약념藥念이라고 적고 한국어로 양념이라고 쓰여 있다. 거기에 쓰인 해설에 따르면 한국 사람이 만든 말이다. 한국 사람들은 약과 음식은 같은 것이라고 생각하기 때문에 그런 말을 만들었다는 것이다. 그 설명대로라면 한국어에 한중 문화가 섞여 있다. 한자에 한국 사람의 생각을 담은 것이다. 그러니 한자말이라고 해서 무조건 고유어가 아니라고 보기는 어렵다.

그런 점에 대해서는 뒤에서 짚어 볼 텐데, 한국어와 일본어, 중국어와 일본어의 관계에서도 마찬가지다. 언어는 문화를 전해 주는 쪽에서 받아들이는 쪽으로 흐른다. 한국과 일본도 그랬다. 삼국 시대에는 한국의 문화가 일본으로 흘렀고, 근대 이후에는 일본 문화에 서구 문화가 담겨 한국으로 흘러들어 왔다. 당연히 한국어가 일본어에, 일본어가 한국어에 영향을 미쳤다. 뒤섞인 것이다.

'괜찮다'는 말의 경우에는 표준국어대사전의 풀이와 홍윤표(전 연세대 교수)의 의견이 좀 다르다. 표준국어대사전의 풀이에 따르면 한자말 '공연空然'이 '괜'으로 바뀌었다고 하고, 홍윤표는 '괴이怪異'가 '괜'으로 바뀌었다고 한다.*

이 문제에 대해서 이렇게 자세하게 말하는 이유는 간단하다. 고유어라는 게 과연 얼마나 있는가, 있다고 해도 얼마나 남았는가, 그 어휘만으로 다양한 문화가 뒤섞이면서 복잡다단해진 현대의 삶을 제대로 표현할 수

---

* 홍윤표, 〈'괜찮다'의 어원〉, 국립국어원, 2009, 전자자료

있을 것인가? 더욱이 위에 든 예문은 일상생활에서 쓰이는 것들이다. 일상에 관한 내용도 고유어만으로 쓰는 것이 불가능하다. 그렇다면 **한국인의 정체성이 과연 고유어에 담겨 있는 것일까? 그런 의문을 진지하게 짚어 보자.**

08 한자어를 우리말로 바꿔야 한다?

ㅡ우리말에 대한 오해 02

한자어를 인정한다고 해도 고유어로 바꿔 쓸 수 있다면 굳이 한자어를 쓸 필요가 없지 않을까. 예를 들어 피를 굳이 혈액이라고 할 필요가 있느냐는 것이다. 그렇지만 피와 혈액이 정확하게 같은 뜻은 아니다. 적어도 말 느낌은 다르다. 예를 들어 보자. A 문장은 혈액을 써야 할 자리에 피를 쓴 것이고, B 문장은 피를 써야 할 자리에 혈액을 썼다.

A. 피관리협회가 어디 있습니까? 피형과 피암에 대해서 여쭤보고 싶은 게 있는데요. 피종양 때문에 피순환에 문제가 생긴 것 같아요.

B. 머리에 혈액도 안 마른 놈이 오늘은 정말 혈액을 말리는군요. 우리는 혈액을 나눈 사이인데 말입니다. 혈액 끓는 젊은 나이에 참기가 어렵습니다.

어떤가? 바꿔 쓰고 보니 어색하다. 고유어는 대개 일상에서 쓰이는 말이고 한자말은 격식 갖춘 자리에 쓰이거나 학문적인 유래를 가진 것이다. **한자어는 대개 추상적이고 객관적인 용법으로 쓰이기 때문에 감정을 느끼기 어렵다. 대신 의미가 좀 더 분명하다.** 다음은 다른 단어의 경우다.

> 생명보험에 들기 바란다. / 목숨보험에 들기 바란다.
>
> 생명을 잉태했다. / 목숨을 잉태했다.
>
> 많은 사람이 모였다. / 많은 인간이 모였다.
>
> 저기 한국 사람이 있다. / 저기 한국 인간이 있다.
>
> 나잇값 좀 해라. / 나이 가격 좀 해라.

비슷한 말은 있지만 같은 말은 없다. 느낌이 다르면 다른 단어이다.

여기에서 '가격, 혈액, 보험' 같은 한자말은 일본에서 만들어진 것이다. 동양에서는 일본이 가장 먼저 광범위하게 서구의 문물을 번역했는데 18세기에 시작된 난학(蘭學, 네덜란드학)이 그것이다. 그러다가 19세기 메이지 유신을 거치면서 엄청나게 많은 양이 번역되었다. 그 번역어가 중국뿐 아니라 동아시아 여러 나라에까지 퍼져 나갔다. 중국의 경우 나름대로 새로운 번역어를 만들기는 했지만 일본에서 만든 것을 그대로 받아들인 것도 많다. 그런 한자 번역어들이 일제강점기를 거치면서 한국어에 깊이 스며들었다. 새로운 문화가 일본 한자어로 번역되어 밀려들었던 것이다. 다음과 같은 낱말들이 그런 것들의 일부이다.

자유自由, 평등平等, 사회社會, 권리權利, 인권人權, 정의正義, 민주주의民主主義, 시간時間, 공간空間, 의무義務, 책임責任, 도덕道德, 원리原理, 철학哲學, 사회학社會學, 미학美學, 요일曜日……

과연 이런 한자어들이 일본에서 만들어졌다고 해서 쓰지 않을 수 있겠는가? 게다가 이런 문제는 그리 단순하지 않다. 예를 들어 '토시'나 '에누리'와 같은 말을 일본말의 잔재라고 생각하는 사람들이 많은데 그렇지 않다. 한국 고유어이다. '구라'도 그렇다. 일본말의 잔재가 아니다. 어원이 애매하긴 하지만. 여기서 '애매'라는 말도 일본식 한자어라고 주장하는 사람들이 있는데 그것도 그렇지 않다. 《조선왕조실록》에서 〈태조실록〉에 나오는 단어다. 한중일 다 같이 사용했던 단어였던 것이다. 한자어에는 그런 게 많다.

이어서 일본식 한자어가 한국어에 얼마나 깊이 들어와 뒤섞여 있는지 좀 더 자세히 알아보고 이야기를 이어 가도록 하자.

일본식 한자어는 쓰지 말자?

─우리말에 대한 오해 03

이번에도 예문을 하나 보고 이야기를 시작하자. 다음
예문에서 일본식 한자말은 몇 개일까?

> 선생님, 식사하셨습니까? 순번이 밀려 아직……. 식권
> 부터 구입하셔야지요. 월요일에는 무료 급식입니다. 매
> 우 인간적이군요. 그런데 비용은 누가 지불하는 걸까
> 요? 모금하거나 기증받았겠지요. 글쎄요, 그럴 만한 이
> 유가 있었겠지요. 그런데 건강은 어떠신지요? 아무래
> 도 자유롭지 못합니다. 여기는 장소가 좀 협소하군요.
> 영화는 좋아하시는지요? 영화표가 있는데 드릴까요?
> 스릴러물입니다. 감사합니다. 보답으로 저는 연극표를
> 드릴게요. 오랜만에 문화생활을 하겠군요.

대개 예닐곱 개를 꼽을 것이다. 선생, 식권, 구입, 영화,
영화표, 연극표. 참고로 선생은 일본식 한자말이 아니

다. 뒤에서 설명한다.

답은 열일곱 개 정도다. 식사食事, 순번順番, 구입購入, 월요일月曜日, 인간적人間的, 지불支佛, 모금募金, 기증寄贈, 이유理由, 건강健康, 자유自由, 장소場所, 영화映画, 영화표映畫票, 스릴러물物, 연극표演劇票, 문화文化.*

위 예문에서 유일하게 식권食券만 그 유래를 확인할 수 없었다. 《조선왕조실록》에서 '식사'는 검색되지만 그 경우는 '밥 먹는 일'이나 '먹고사는 일'처럼 하나의 낱말로 보기 어려웠다. 끼니라는 뜻으로는 쓰이지 않았다. '인간'도 발견되었지만 그 의미는 사람들 사이의 세상이라는 뜻으로 쓰였다. '식권'은 《조선왕조실록》에도 나오지 않았고 다른 연구 자료에서도 확인할 수 없었다. 식권이라는 낱말이 가지는 의미로 볼 때 근대 이후에 쓰인 것으로 짐작한다. 구입은 '~입'이라는 구조가 일본어로 보인다. 《조선왕조실록》에는 구입의 구購만을 사용했다.

앞으로 더 넓고 깊게 연구되고 나면 현재의 이런 지

---

* 《일본어에서 온 우리말 사전》,《조선왕조실록》, 한국어판 위키피디아를 참고했다.

식에도 변화가 올 것이다. '일본식 한자어'와 관련된 전공자의 글을 보더라도 오류라고 할 만한 내용이 다수 나온다. 가령 '의자'나 '온천'이 일본에서 쓰이던 말이고 한국에서는 '교의'나 '온정'를 썼다고 하는데, 《조선왕조실록》을 검색해 보면 둘 다 많이 사용한 낱말이다. 이처럼 한자어의 경우에는 쉽게 단정하기 어렵다. 이런 정도라면 일본에서 만들어진 한자말을 쓰지 말자는 건 불가능에 가깝다.

세상이 변하면 그와 함께 언어도 변한다. 조선 말 쇄국 정책을 고수하다가 문호를 연 뒤 새로운 문화가 들이닥쳤고 그것들을 설명할 언어도 함께 들어왔다. 당연한 일이었다. 일본은 일찌감치 서구의 문물을 받아들이며 그것들을 한자어로 번역했다. 18세기 초에 시작해서 이미 메이지 유신 초기에 수천 종의 책이 번역되었다. 중국도 서구의 언어를 번역했지만 적극적이지는 않았다. 이미 번역된 일본의 한자어를 수입해서 쓰자는 논의가 있었을 정도다. 그랬으니 한국에는 새로운 문물과 함께 일본의 번역어가 들어올 수밖에 없었다.

    '영화'나 '연극' 같은 낱말이야 새로운 문화니까 그

렇다 쳐도 '이유'나 '건강', '장소' 같은 단어가 없지는 않았을 텐데 왜 굳이 일본 한자를 쓰게 되었을까? 그건 현대의 경우를 봐도 알 수 있다. 서양의 문화가 물밀 듯이 밀려드니 일상어에도 영향을 미쳤다. '쏘리'나 '오케이'는 더 이상 외래어 같지 않을 정도로 많이 쓰인다. 심지어 감탄사도 '오마이갓'으로 바뀌지 않았는가. 그뿐인가? '언빌리버블' 같은 말을 쓰는 한국 사람도 많다. 일상어에 쓰이는 영어는 정말 '언빌리버블'할 정도로 많다. 서울 시내 상가 간판을 보면 뉴욕 거리와 별다를 바가 없어 보일 정도다.

현대 한국의 이런 상황이 이해된다면 일제강점기에도 일본어가 당연히 한국인의 일상어에 스며들었으리라 짐작할 수 있다. 그 잔재는 거의 20세기 말까지 이어졌다. 내가 어렸을 때만 해도 일상어로 쓰는 일본말이 아주 많았다. 1990년대 말까지도 출판계에서 쓰는 기술 용어는 거의 다 일본어였다. 심지어 한국어 글꼴 이름도 일본어였다. 나는 편집자 시절 모리자와 글꼴이나 샤켄 글꼴을 사용해서 '한국문학전집'을 만들었다. 얼마나 아이러니한 일인가. 게다가 우리 역시 같은 한자 문화권이었으니 일본식 한자어를 받아들이는 일이 그리 낯설지도 않았을 것이다. 그런 예는 이상의 시에서도 찾을 수 있다.

> 선생님(이것은 실로 이상 옹을 지적하는 참담한 인칭대명사다) 왜 그러세요— 이 방이 기분 나쁘세요?(기분? 기분이란 말은 필시 조선말이 아니리라) 더 놀다 가세요— 아직 주무실 시간도 멀었는데 가서 뭐 하세요? 네? 얘기나 하세요
>
> —이상, 〈실화〉

이 시는 《문장》에 수록되어 유고로 발표되었는데 1936년 이후 일본으로 건너간 뒤에 쓴 것이다. '기분'의 한국식 한자어는 심기心氣였다. 이런 작품을 보면 당시 일부 작가들은 일본식 한자어에 예민하게 반응했던 것 같다. 그러다가 세월과 함께 일본 한자어에 익숙해져 갔다.

다시 앞의 예문으로 돌아가 보자. 선생이나 선배, 후배 같은 단어는 《조선왕조실록》에 나온다. 오랫동안 써 오던 익숙한 말이다.

반면 '문화적인 충격' 때문에 번역하기가 어려웠던 낱말도 있다. 자유, 권리, 선거 같은 낱말이었다. 자유라는 낱말이 없었던 것은 아니었지만 '나쁜 의미'로 쓰였다. 시키는 대로 하지 않는 나쁜 태도가 자유였던 것이다. 권리도 그랬다. 도대체 다스림의 대상이기만 한 백성들에게 무슨 권리가 있단 말인가. 선거도 마찬가지였다. 지배층은 정해져 있는데 선거를 하다니. 꿈에도 생각해 본 적이 없는 개념들이라 번역어가 만들어지고 확정되기까지 우여곡절을 겪었다. 설사 개념을 받아들였다고 해도 유통되기까지 오랜 시간이 걸릴 수밖에 없었다.

여기에서도 꼭 짚어 두고 싶은 말이 있다. 한국어가 중국이나 일본, 서구의 영향을 받아서 '오염'되었다고 말하는 사람들이 있는데 동의할 수 없다.

앞에서도 말했지만 **언어는 라이프 스타일과 사고방식을 반영하는 것이다.** 오늘날 우리 라이프 스타일을 보라. 조선 시대의 흔적이 얼마나 남아 있는가? 거의 없지 않은가? 대부분이 서구에서 들어온 것이다. 사회 구조뿐만 아니라 일상이 다 그렇다. 한때는 중국(청)

과 일본을 거쳤지만 요즘은 곧바로 들어온다. 새로운 문화는 새로운 언어와 함께 들어온다. 한국어에는 그런 흔적이 남아 있는 것이고. 오늘날 세계 공용어에 가까운 영어에도 고유어는 그다지 많지 않다. 수많은 외래어를 포함하면서 풍부해졌다. 그 결과로 오늘날 한국인의 삶이, 언어가 더 나빠졌나? 나는 아주 풍요로워졌다고 생각한다.

순수한 문화 같은 건 없다. 뒤섞이면서 풍부해지는 것이다. 한국어의 강점은 순수해서가 아니라 소리글자를 사용하기 때문에 어떤 문화의 언어도 쉽게 받아들일 수 있다는 데 있다. 영어가 그랬듯이.

마지막으로 예를 하나 더 들고 싶다. '~적'과 같은 표현은 일본이 서구 언어를 번역하면서 사용하기 시작했지만 그 쓰임새가 대체 불가능할 뿐 아니라 아주 편리한 표현 방식이다. 그걸 사용하지 않을 이유가 없다. 중복일 때는 빼면 될 것이고. 다음의 예를 보자.

그 생각은 이상적이다.

이런 경우는 '~적'을 사용할 수밖에 없다. 이상이라는 말은 개념만 있고 존재하지 않는다. 그러나 '이상적인 것'은 존재한다. '~적'이라는 말을 '~스럽다'로 바꾸자는 의견도 있다. '이상스럽다'로 바꾸자는 건데, 정말 이상하게 느껴진다.

차별적인 대우, 압축적인 표현, 갈등적 관계

이런 경우라면 차별 대우, 압축 표현, 갈등 관계와 같이 '~적인'이나 '~적'을 빼는 것이 더 좋아 보인다. 그렇지만 '차별적인 대우'라고 말하는 것이 더 적절한 경우도 있을 것이다. 의미의 강도가 살짝 약해져서 '차별에 가까운 대우'라는 뜻이 되기 때문이다.

IO   일본식 한자어는 일본의 것인가?

–우리말에 대한 오해 04

얼마 전 한 일본인이 한국의 일본제 불매운동에 대해 비웃으면서 이렇게 말했다고 한다. "(한국인이 사용하는 한자어인) 교육, 학교, 교실, 국어, 과학, 사회, 헌법, 민주주의, 시민, 신문, 방송(이라는 말도) 모두 일제 아닌가."*

틀린 말이다. 무엇보다 이 한자어의 원저작자는 일본이 아니라 유럽이다. 그들은 번역을 했을 뿐이다. 그 번역도 순수한 일제가 아니다. 중국제 한자가 없었다면 불가능한 것이었다.

현대 한국인이 쓰는 한자어 가운데 많은 것들이 일제강점기를 전후해서 일본에서 만들어졌다. 그 번역어를 사용해서 우리가 걸어온 길은 일본화가 아니라 서

---

*   오달란, 〈구로다, 불매운동 조롱… "유니클로 대신 삼성 스마트폰 불매해야"〉, 《서울신문》, 2019.7.22.

구화였다. 그 언어에 담긴 아이디어가 유럽제이니 당연한 일이다.

번역어에 번역자의 생각이 조금은 스며들겠지만 근본적으로 다른 것이 되지는 않는다. 그러니 실용적인 관점에서 이미 번역되고 유포된 한자어를 굳이 사용하지 않을 이유가 없었을 뿐이다. 중국도 그런 의미에서 '이미 일본이 번역한 용어'를 사용하여 빠르게 개혁하려 했다. 잘 되진 않았지만.

한국도 일본에서 번역한 한자어를 사용해서 서구의 문물을 이해하고 받아들이기 시작했다. 그렇지만 조금도 고마울 게 없다. 일본인들은 그 대가를 '일제강점기'에 말로 표현할 수 없을 만큼 엄청나게 많이, 그것도 폭력적으로 빼앗아갔기 때문이다. 그 이후에도.

언어와 관련된 문제는 실용적으로 생각할 필요가 있다. 이미 유포되어 쓰이는 언어를 의도적으로 바꿀 방법도 없다. 언어는 문화 권력이 통제하는 것이기 때문이다. 문화 권력은 그 문화를 만들어 낸 국가의 힘에 비례하는 경향이 있다.

일제강점기에 쓰이기 시작한 '일본식 한자어'뿐만 아니라 일본어는 해방 뒤에도 영향력이 컸다. 한국의 지배층이 여전히 친일파였던 것도 큰 이유였을 것이다. 역사를 청산하지 않았으니 언어도 청산될 리 없었다. 새로운 기술 대부분이 일본을 거쳐 들어왔으니 일본어를 쓰지 않을 수도 없었다.

고대에도 마찬가지로 언어는 문화 권력이 통제했다. 대륙의 문화가 일본으로 전래하던 시절에는 한반도의 언어가 일본으로 많이 들어갔으리라는 것은 쉽게 짐작할 수 있다.

아주 중요한 예 가운데 하나가 미소(된장)다. 얼마 전만 해도 일본에서는 남자가 여자에게 청혼할 때 이렇게 말했다고 한다. "매일 아침 내 미소시루(된장국)를 끓여 주겠어?" 그만큼 미소는 일본 사람들에게 중요한 의미다.

미소는 고려어 '메주密祖'였던 것으로 짐작된다. 고려 시대의 정확한 발음은 알 수가 없다. 소리는 남지 않으니까. 어쩌면 미소에 가까웠을지도 모른다. 만주어로는 '미순'이었다고 하니. 이건 짐작이 아니다. 헤이안 시대 귀족들의 한자사전인 《왜명유취초倭名類聚抄》에는 미소가 고려장이라고 쓰여 있다.

더 오랜 기록을 보면, 기원전 7세기의 관중에 대한 책인《관자》에 '융숙'이라는 말이 나오는데, 이것은 산융족의 콩(숙)이라는 뜻이다. 그 이전에도 중국에 콩이 있었지만 그것은 가축 사료용이었다. 융숙은 사람이 먹는 음식 재료였고. 산융족이 살던 지역은 콩의 기원지인 만주였는데, 훗날 고구려 지역이다.

또 6세기 전반에 쓰인 서민을 위한 농업기술 안내서《제민요술》에는 흑고려두, 황고려두라는 이름이 나온다. 여기에서 고려는 고구려이다. 이 두 기록을 바탕으로 짐작해 보면 중국인들은 콩과 관련된 음식의 기원을 고구려라고 생각했던 모양이다. 지금도 중국의 간장 공장 사람들은 만주 지역 콩으로 만들어야 맛있다고 말한다.

일본의 된장이 만들어지는 방식을 보면 한국에서 받아들인 것이 분명하다. 거의 모든 일본 된장 제작 방식이 한국과 별 차이가 없다. 맛이 다른 이유는 기후와 발효균 때문일 것이다. 맛이 다르니 다른 재료에 다른 방식으로 사용되었을 것이고.

일본어는 고구려어와 닮은 데가 아주 많다. 특히 숫자가 그렇다. 사실 일본어는 아예 열도한(국)어라고 주장하는 연구 결과도 있다. 《아나타는 한국인》이 그런 내용을 담은 책인데, 대단히 학술적이다. 저자는 평생 언어학을 연구한 세계적인 일본인 학자이다. 양쪽의 고대어를 추적 비교, 분석하는 방식이라 대단히 설득력이 있다.

게다가 최근에 유전자 비교 분석, 추적 결과도 그의 연구결과를 지지한다. 일본인의 조상인 야요이 문화를 만든 이들은 한반도에서 건너간 사람들이라는 것이다. 그들이 벼농사와 청동기, 철기 문화를 가지고 갔다. 한국에는 번역되지 않았지만 《정체성의 유적Ruins of Identity》이 바로 그렇다고 주장하는 책이다.

여담 같지만 중요한 이야기이다. 저자인 마크 제임스 허드슨Mark James Hudson 교수는 니시큐슈대학西九州大學을 비롯해 일본의 여러 대학에서 인류학과 환경인문학을 강의했다. 그는 일본인들이 무슨 단일민족이나 단일 문화를 이룬 독특한 집단이라고 생각하는데 전혀 그렇지 않다, 문화의 근원은 한국이라고 말한다.

이러한 발언을 하고도 일본에 있는 대학에서 계속 강의할 수 있었을까 궁금했다. 그렇다면 일본은 정말 대단하고 존경받을 만한 의식을 가진 나라가 아닐까. 역시 그렇지 않았다. 그는 결국 2018년 '학문적으로 괴롭힘'을 당해 일본을 떠났다.* 그들은 쇼비니스트이다.

문화와 언어는 흐르고 뒤섞여서 바다를 이루는 것이다. 언어는 더욱더 그렇다. 끊임없이 변하는 것이기도 하다. 그런 의미에서 **순수한 일본제 한자어 같은 것은 없다.** 일본에서 번역한 한자어가 일본제이니 쓰지 말라는 소리는 무식하기 짝이 없는 소리다. 배은망덕하고 후안무치하다.

　개가 사람을 문다고 사람도 개를 물 수는 없는 일 아닌가. 그들이 쇼비니스트라고 우리도 쇼비니스트가 되어서는 안 된다. 쇼비니즘은 자멸하는 길이다.

＊　〈富士山世界遺産センター、2教授退職しピンチ〉、《読売新聞》、2018.4.3.

II   잘 아는 것만
써야 한다?

레이먼드 챈들러라는 하드보일드 추리소설 작가가 있다. 그의 작품 《깊은 잠》은 사건이 복잡하기로 유명하다. 영화로도 만들어졌는데 감독은 원작에 충실하게 만들 생각이었다. 하지만 만드는 과정에서 혼란에 빠졌다. 아무리 읽어 보아도 운전사를 살해한 범인이 누군지 알 수가 없었던 것이다. 작가에게 전화해서 물어보았는데, 대답은 이랬다.

"내 알 바 아니오."

무라카미 하루키는 이 이야기를 예로 들며 "저도 마찬가지입니다. 결론은 아무 의미도 없어요. 《카라마조프 가의 형제들》에서 누가 살인자이든 관심 없습니다. 제가 글을 쓰지만 저 자신도 누가 범인인지 몰라요. 독자나 저나 마찬가지 수준이랍니다. 이야기를 쓰기 시작할 때는 결론을 전혀 모르고, 다음에 무슨 일이 일어날지도 모른답니다. 살인하는 장면이 처음 나오면 누가 범인인지 모르지요. 그걸 알아내기 위해 글을 쓰는 거예요. 살인자가 누구인지 안다면 이야기를 쓸 필요가 없겠지요"[*]라고 말했다.

글을 쓰는 이유를 오해하는 경우가 많다. 잘 알기 때문에 쓴다는 것이다. 꼭 그렇지 않다. 글을 다 쓰기 전에는 자기 생각이라 해도 자세히 알지 못한다. 글로 쓰지 않은 생각은 무엇이었는지 알 수가 없다. 왜 이런 상황이 벌어지는 것일까?

첫 번째 이유는, 말과 글이 다르기 때문이다. 말의 의미는 말로만 이루어지는 것이 아니다. 소리의 크기나 높낮이, 얼굴, 손짓, 몸짓까지 의미에 더해진다. 그게 전부도 아니다. 말을 할 때는 주변 상황도 의미를 구성하는 요소가 된다. 글은 글만으로 그 모든 것을 다 담아내야 한다. 우리는 말로 생각하고 생각한 말을 글로 옮긴다. 그렇지만 글은 말과 달라서 그대로 옮겨지지 않는다. 말은 말의 논리가 있고, 글은 글의 논리가 있다. 말을 글로 번역하려면 기술이 필요하다.

---

[*]　파리 리뷰, 《작가란 무엇인가 1》, 다른, 2014

두 번째 이유가 바로 그 때문이다. 말을 글로 번역해 내는 기술이 부족하기 때문이다. 말하기는 저절로 알게 되는 것이지만 글쓰기는 따로 배워야 하는 기술이다. 이 세상 모든 기술이 그러하듯이 익숙해져야 마음대로 쓸 수 있다. 기술은 두 가지 방법으로 배울 수 있다. 어깨너머로 보고 배우는 것, 독서하면 된다. 실습을 통해 배우는 것, 많이 써 보면 된다.

세 번째 이유는, 생각(말)은 금방 사라지기 때문이다. 기가 찬 아이디어(말)가 떠올랐지만 마침 그 순간 다른 사람이 말을 걸어서 다른 일을 하게 되었다고 하자. 그러고 나면 '기찬 아이디어'를 기억하지 못할 때가 많다. 써 두지 않았기 때문이다. 글로 쓴 생각만 남는다. 그러니 생각을 축적하고 싶다면 글로 써 두어야 한다. 생각(말)에 적절한 번역어(글)를 찾아내는 연습을 많이 할수록 글을 잘 쓰게 된다. 자기 생각에 가까운 글을 쓸 수 있는 힘이 생기는 것이다.

'같은'이 아니라 '가까운'이라고 말하는 이유가 있다. 긴 글은 생각을 번역하는 것이 아니다. 책 한 권을 쓴다고 해 보자. 무슨 수로 책 한 권 분량의 생각을 미리 해 둘 수 있겠는가. 불가능하다. 그런 의미에서 길고 깊은 생각은 글이 끝날 때에야 분명해진다.

그러니까 **생각이 글을 쓰는 것이 아니라 글이 생각을 쓰는 것이다.** 스티븐 킹은 이렇게 말한 적이 있다. "책이 저절로 굴러가지 않을 경우 좋은 작품일 리가 없거든요. 물론 제게도 별 볼 일 없는 책이 있지요.《로즈 매더》가 그런 책일 겁니다. 정말로 술술 굴러가질 않더군요. 억지로 써야만 했어요."*

내 경험으로는 픽션만 그런 게 아니다. 논픽션도 마찬가지다.《책의 정신》이 그랬고《재능과 창의성이라는 유령을 찾아서》도 그랬다.《오늘은 좀 매울지도 몰라》도 그렇고 글쓰기를 주제로 한 이 책도 그렇다.

이 책에 담긴 내용도 원래 내 생각이었던 것이 아니다. 글을 쓰는 사람들이 궁금해하는 질문에 대한 답이 무엇인지 조사한 것이다. 글쓰기란 매우 사회적인 일이다. 내 마음대로 규정해서는 안 된다. 정말 다양한 자료를 찾아보았다. 그러는 동안 글이 저절로 굴러서 책이 되었다.

---

* 파리 리뷰,《작가란 무엇인가 2》, 다른, 2015

I2 일기보다는
연애편지

글을 잘 쓰고 싶다면 일단 쓰기 시작하라고 한다. 많이
쓰다 보면 언젠가 잘 쓰게 된다는 것이다. 글쎄 꼭 그럴
까? 많이 쓰면 아무래도 도움이 되긴 할 것이다. 그렇
지만 그런다고 꼭 잘 쓰게 되는 것은 아니다.

　이렇게 생각해 보자. 한국 대학의 문예창작과를 다
합치면 50개쯤 된다. 정원이 평균 40명 정도라 해도 한
해에 2,000명이 졸업한다. 10년이면 2만 명이다. 20년
이면 4만 명이고. 유사 학과까지 포함하면 서너 배쯤
될 것이다.

　그런데 글을 잘 쓰는 사람을 찾기는 쉽지 않다. 출판
사 편집부 직원들도 대개는 그렇게 생각한다. 이상하
지 않은가? 열심히(많이) 쓰기만 해서 글을 잘 쓰게 된
다면 한국에 글을 잘 쓰는 사람이 적어도 10만 명 정도
는 있어야 한다. 문예창작을 전공하지 않아도 열심히
글을 쓰는 사람들이 있을 테니까.

거꾸로 생각해도 결론은 비슷하다. 소설가 황석영과 최인호는 열여덟 살에 신춘문예로, 평론가 김현은 스무 살에 등단했다. 역시 소설가 김애란은 스물두 살, 한강은 스물네 살에, 평론가 허윤진은 스물네 살에 등단했다.

그들이 잘 쓴다는 평가를 받은 나이로 볼 때 많이 쓴 결과라고 보기는 어렵다. 10년, 20년을 써도 잘 쓴다는 평가를 받지 못하는 사람들이 더 많다.

박완서는 서른아홉에 등단했다. '책 읽기를 좋아했지만' 글을 쓸 생각은 없었다고 한다. 그러다가 우연한 기회에 쓰기 시작했는데, 겨우 2년 만에, 그것도 1,200매나 되는 장편소설을 4~5개월 만에 써내고 등단했다. 습작도 하지 않고 어떻게 '단박'에 그런 작품을 써낼 수 있었느냐는 질문에 그는 이렇게 대답했다.

"습작 안 해도 책 많이 읽으면 돼요."*

나에게도 비슷한 경험이 있다. 스물다섯 살 때 현상 논문을 쓰고 상금을 받았다. 그것도 두 번이나. 처음 써

*   수류산방 편집부, 《박완서: 못 가 본 길이 더 아름답다 (1931-2011년)》, 수류산방중심, 2012, 187쪽

보는 종류의 글이었지만 '많이 읽고' 썼다. 시를 써 보려 한 적은 있지만 산문을 써 본 적은 없었다. 일기뿐만 아니라 편지도. 기껏해야 메모라고 할 수 있을 정도였다. '책 읽기를 좋아했던 것'이 전부였다.

그게 무엇이든 의식적으로 '열심히' 하는 것은 꼭 좋은 게 아니다. 자연스럽지 않은 '열심'은 글에도 묻어난다. 부담스러울 뿐이다. 어깨에 힘이 들어가게 되니 잘하기 어려운 것인지도 모른다. 작위적인 느낌 때문에 공감을 끌어내기 어렵고 설득력도 떨어진다. '열심히' 하지 말고 몰입할 수 있어야 한다.

글을 쓰지 않던 박완서가 몇 개월 만에 장편소설을 써낸 이야기가 그렇다. 처음에는 논픽션을 쓰려 했는데, 자꾸만 픽션을 쓰더라는 것이다. 결국 픽션으로 방향을 바꾸었다. 그리고 써낸 것이 장편소설《나목》이었다. 엄청나게 몰입하지 않았다면 불가능한 일이다.

글쓰기 단계를 훑어봐도 그런 결론에 이르게 된다. 거칠게 보아서 글쓰기에는 일기, 편지, 연애편지 세 단계가 있다.

일기는 자신의 삶을 돌아보는 것이다. 자기를 찾아

가는 글쓰기이다. 어떤 종류의 글이든 필자의 입장이나 철학이 정리되어야 한다는 점에서 일기는 매우 중요한 단계이다. 주로 자신의 삶과 감정을 표현하는 에세이라면 아직 일기 단계라고 말할 수 있다. 이 단계를 벗어나지 못한다면 쓸 수 있는 글의 종류가 지나치게 한정적일 것이다.

편지 단계로 나아가면 관심과 초점이 조금 달라진다. 발신자와 수신자가 공통으로 관심을 가진 주제를 다루어야 하기 때문이다. 잘 소통하려면 객관적인 지식과 논리가 필요하다. 그뿐만 아니라 수신자의 상황에 대해서 알아야 한다. 그래야 무엇을 말하고 무엇은 말하지 않는 게 좋을지, 어떤 말투를 사용하는 것이 좋을지, 예를 들거나 비유를 한다면 어떤 것이 적절할지 판단할 수 있을 것이다. 쓰기 이전에 그런 것들을 생각해 두어야 한다.

보고서도 편지의 한 종류로 볼 수 있다. 발신인이 어떤 목적을 위해 조사한 내용을 수신인이 잘 이해할 수 있도록 전달하는 것이다. 발신인은 수신인과 조사 내용, 표현 형식에 대해서도 잘 알아야 한다. 수신인의 입장과 표현 형식까지 알아보고 써야 하니 쓰는 방법이 어느 정도 확정되어 있다는 뜻이다.

그렇지만 불특정 다수를 향해 쓰는 글은 수신인에 대해 잘 알 수 없다. 그래도 가상 수신인을 정해야 한다. 표준 독자는 어떤 사람인지, 잠재 독자는 어떤 사람인지.

이 책의 경우 표준 독자는 글쓰기를 배운 적이 있고, 좀 써 본 적도 있는 사람들이다. 더 잘 쓰고 싶은데 정체되어 있다고 느끼는 사람들이다. 지인 가운데 그런 사람이 있다. 그는 젊을 때부터 문명을 날렸다. 그러나 언제부턴가 글이 '안' 된다. 다 쓴 글을 독자 입장에서 보면 도무지 재미가 없어 읽기가 힘들다. 그는 그의 스승에게 잔인할 정도로 비판받고 괴로워했다. 무척 노력하지만 그 슬럼프에서 벗어나질 못하고 있다. 벌써 10년 가까이. 어쩌면 그 친구가 이 책의 표준 독자인지도 모르겠다. 그런 사람들은 대개 글쓰기에 대한 소문의 희생자인 경우가 많다. 그들이 진실을 깨닫고 나면 글쓰기 초보자들에게도 이 책을 권할 것이다. 그들이 잠재 독자들이다.

마지막 단계가 연애편지 쓰기이다. 편지(보고서) 단계는 맥락을 잘 이해하고 중요한 것들을 잘 드러내는 것으로 충분하다. 서로를 인정하고 동의하는 수준이면 된다. 그러나 연애편지는 다르다. 수신인을 감동시켜야 한다. 다루는 주제를 깊이 사랑해야 가능하다. 그러면 자연스럽게 사소한 것까지 알게 된다. 대상에 대한 넓고 깊은 이해를 넘어 통찰력이 필요한 것이다. 뿐만 아니라 수신인의 취향과 삶에 대한 태도에 대해서도 상당히 잘 알고 있어야 한다. 그래야 적절한 어법으로 잘 전달할 수 있을 테니까.

이는 이야기 주제와 수신인에 대한 사랑으로 지극한 관심이 저절로 생길 때에야 가능한 일이다. 글쓰기 역시 삶의 연장선에 있다. 많이 쓰기보다 많이 사랑하기가 더 중요하다. 그래서 **언제라도 꺼낼 수 있는 절실한 이야기로 가슴속을 채워 두어야 한다**. 그래야 글을 잘 쓸 가능성이 있다. 다이아몬드는 다이아몬드 광산에서 나오는 것이지 석탄 광산에서 나오는 것이 아니다.

개인적으로 박완서의 문학에서 기술적으로 배울 것은 적다고 본다. 그러나 그의 작품에 담긴, 그 가슴속에 쟁여 있던 절절한 이야깃거리와 인생 경험은 부러워 미칠 지경이다. 내가 가장 좋아하는 박완서의 책은《박완서: 못 가 본 길이 더 아름답다(1931~2011년)》(수

류방중심, 2012)이다. 그의 삶과 작품의 관계를 자세히 들여다볼 수 있어서 좋다. 박완서 단편소설전집도 가지고 있긴 하지만.

기술적인 문제가 고민이라면 많이 쓰기보다 좋은 연습 방법부터 알아야 한다. 그러려면 무엇보다 언어학적인 지식을 좀 갖추어야 한다.

2부

쓰기

무엇을 쓸 것인가를 고민하고 있다면 아직 좋은
글을 쓰기는 쉽지 않다.
무엇을 쓰지 않을 것인가를 고민할 정도가
되어야 좋은 글을 쓸 가능성이 높다.
쓰겠다는 결심보다 글로 쓰지 않고는 배길 수
없는 생각을 만드는 게 더 중요하다.

13 글쓰기의
순서와 이유

가끔 이런 질문을 받는다. "날마다 글을 쓰면 잘 쓰게
될까요?" 그럴 것이다. 그렇지만 순서를 바꾸면 좋겠
다고 대답한다.

"제 생각으로는 '어떻게든 날마다 쓰겠다'는 결심보
다 '글로 쓰지 않고는 배길 수 없는 생각을 만드는 게'
더 중요하지 않을까 싶습니다. 예를 들면 지금까지 가
보지 않은 곳을 방문해서 새로운 세상을 만나 보는 건
어떨까요? 중증장애인 시설 같은 곳에서 봉사 활동을
해 보는 겁니다. 하고 싶은 말이 가슴 가득 채워질 겁니
다. 저는 그랬어요. 많이도 울었고 괴로웠어요. 날마다
글을 쓰겠다는 결심 같은 건 할 필요도 없을 겁니다. 당
신이 글을 쓸 사람이라면 저절로 쓰게 될 것이고, 쓰지
않는 것이 더 어려울 겁니다. 현장을 다니는 것이 어렵
다면 좋은 책을 읽어 보세요. 《이상한 정상가족》이나
《선량한 차별주의자》 같은 책을 읽으면 하고 싶은 이

야기가 가슴속에 차곡차곡 쌓일 겁니다. 조금 어려울지 모르지만, 개론서라도 괜찮으니 마르크스의 《자본론》을 읽고 존 스타인벡의 《분노의 포도》 같은 책을 읽은 다음 느낀 점을 써 보는 겁니다. 그 둘은 닮은 점이 아주 많거든요.

마르크스가 조금 더 어려운 이유는 어려워서 어려운 게 아니라 19세기 중반 유럽에서 쓰인 책이기 때문입니다. 남의 나라에서 생겨난 사상이잖아요. 그것도 벌써 150년 전쯤에. 다른 시공간에서 만들어진 것이니 좀 어려운 건 당연한 겁니다.

혹시 그런 경험을 통해 쌓인 이야기가 많아서 날마다 써 보려고 한다고요? 그렇다면야, 즐겁고 행복하게 (슬프고 괴로운 이야기도 글로 쓰면 위로가 되거든요) 쓸 수 있는 만큼 쓰면 될 텐데 '결심' 같은 걸 왜 하시나요? 부담스러울 텐데요. 그 부담은 글에 담길 것이고, 읽는 사람에게도 전달될 텐데요. 독자에게 그런 부담을 줄 필요는 없지 않겠어요?"

나는 글을 잘 써 보겠다고 '노오오력'하는 방법은 다 '나쁘다'고 생각한다. 아주 오래된 말도 있지 않은가.

천재는 열심히 하는 사람을 이기지 못하고 열심히 하는 사람은 절대로 즐기는 사람을 이기지 못한다. 즐기는 사람은 즐거움만으로도 모든 것을 이겨 낼 수 있다. 즐기지 못하고 '노오오력'만 하다 보면 언젠가 그만두게 된다. 글쓰기는 살아 있음의 기쁨을 드러내는 최선의 방법이다. 하다가 말 일이 아니다.

앞에서도 말했지만 '하고 싶은 말'이 생겼다고 해서 그게 무엇인지 '쓰기 전에는 알 수 없다'. 문제는 쓰다 보면 막힌다는 것이고. 막히는 이유는 간단하다. 내 관점으로 본 것들에 대해서 '조금 알 뿐' 아직 전체적인 조망을 못 하고 있기 때문이다.

예를 들어 오늘 내가 회사에서 겪은 부당함에 대해서 글을 쓴다고 해 보자. 가장 설득력 있는 어법은 무엇일까? 어쩌면 그 부당함을 강요한 '그들의 입장'에서 글을 쓰는 것이 훨씬 더 설득력이 있을지 모른다. 설사 순전히 내 입장에서 사건을 다룬다고 해도 '설득력'은 '그들의 잘못'을 증명하는 객관적 논거에서 나온다. 그런 것들을 생각해 보지 않았다면 '당연히' 쓰다가 막힐 수밖에 없다.

앞에서도 말했지만 요즘은 웬만한 상황에 대한 '객

관적 정보'는 검색해 보면 다 나온다. 자료를 검색해 보고 다른 사람의 생각을 참고하면서 설득력 있는 논거를 찾아내야 한다. '찾아낸다'고 말하는 이유가 있다. 내가 겪은 사건이라고 해도 관점을 달리해서 생각할 때에야 비로소 떠오르는 것이 많아지기 때문이다.

옛날에 인터뷰 글을 쓴 적이 있는데, 녹음한 내용을 20~30번 정도 들었다. 지겹지 않으냐고 묻는 사람도 있었는데 그렇지 않았다. 지겹지 않은 이유는 간단하다. 늘 관점을 달리해서 들었기 때문에 매번 다른 내용이었다.

그런 방식으로 쓰다 보면 글의 내용은 처음 생각했던 것과 꽤 달라진다. 결론도 예상치 못한 것이 될 수 있다. 글의 논리가 그런 것이다. 내 생각대로 따라가 주지 않는다.

글을 쓰기 전에 내려 둔 결론대로 쓰였다면 그 이유는 둘 중 하나다. 첫째, 대단히 천재적인 경우다. 쓰일 글의 내용이 시작부터 끝까지 '논거나 자료 모두가' 머릿속에 정리되어 있었을 뿐 아니라 그 '정리된 것'이 한 치 오차도 없었다는 뜻이니까. 그렇지 않다면 처음 내려 둔 결론에 맞추어 쓴 경우다. 반대되는 증거는 무시하고 의도에 맞는 증거만으로 짜깁기했다는 뜻이다.
나는 아무리 천재들이 쓴 글이라 해도 대개 후자의 경
우일 것이라고 믿는다.

이제 정리해 보자. 나는 즐거운 글쓰기의 순서는 이래
야 한다고 믿는다.

  (1) —— 가슴속에 할 말 만들기(또는 질문하기)
  (2) —— 여러 가지 관점에서 정리된 자료 섭렵하기
  (3) —— 섭렵하는 동안 떠오르는 대로 메모해 두기
  (4) —— 스토리 윤곽 잡기
  (5) —— 쓰기 시작하기
  (6) —— 자료를 확인하거나 새로운 자료를 찾아가면
서 쓰기
  (7) —— 다 쓴 글을 편집하기
  (8) —— 일단락되었으면 하루쯤 묵히기
  (9) —— 편집한 글 고치기(또는 다시 쓰기)
  (10) —— 교정, 교열, 윤문하기

개인적으로는 스토리 윤곽 잡기에 가장 많은 공을 들

인다. 예를 들어 마르크스에 대한 글을 쓰려고 한다면 원저작물을 읽고, 그에 대한 방대한 평가 자료를 뒤진다. 이 시점에 자료를 가장 많이 사들인다.

더불어 마르크스의 주장을 좀 더 잘 이해하기 위해 그 시대상을 느껴 보려고 애쓴다. 추상적인 이론을 구체적으로 생생하게 느껴 보는 것은 무척 중요하다. 가장 좋은 자료는 비슷한 시대를 배경으로 한 소설이나 영화, 다큐멘터리이다. 〈청년 마르크스〉(2017) 같은 영화는 당연히 보아야 하고 마르크스와 엥겔스 평전도 읽어 본다. 어떤 사상이든 그것이 만들어진 시대 상황과 깊은 관련이 있고, 그 사상가의 삶과 무관치 않기 때문이다. 마르크스에게 큰 영향을 끼친 애덤 스미스의 저작물도 읽어야 한다.《국부론》에는 마르크스의 말로 착각할 만한 내용이 있다. 당연히 마르크스 이후의 세상에 대해서도 조사해 본다. 그것은 마르크스에 대한 평가이기 때문이다. '러시아 혁명' 과정을 추적해 보고, 데이비드 맥렐런의《마르크스주의 논쟁사》와 같은 책을 참조하며, 최신 저작물인 토마 피케티의《21세기 자본》과 같은 저작물을 봐 두어야 한다. 2008년 금융 위기의 이유와 결과에 대해서도 조사한다. 그 이후 마르크스의 《자본론》의 판매량이 전 세계적으로 급증했으니, 깊은 관계가 있다.

충분한 자료를 섭렵하고 나면 대충 스토리 윤곽을 잡을 수 있다. 윤곽이라고 말하는 것은 쓰는 과정에서 언제든 바뀔 수 있기 때문이다. 글을 쓰기 시작하면 또 다시 새로운 자료가 필요하다. 스토리를 끌고 갈 수 있는 적절한 에피소드와 논증하기 위한 근거를 찾아내고 그에 대한 일반적인 평가를 확인해야 하기 때문이다.

예를 들어 마르크스가 오늘날에도 여전히 유효하다면 그 증거는 어디에서 찾을 것인가. 경제적 '불평등'이 정치적 불평등과 깊은 관련이 있다고 진단하는 조지프 스티글리츠의 저서들과 사회주의자라는 타이틀을 '자랑스럽게' 내걸었던 미국 상원의원 버니 샌더스에게서, 그리고 점점 더 불평등이 심화하는 세계 경제의 구조에서, 마이클 무어가 만든 다큐멘터리와 로버트 라이시가 쓴 책 등에서 확인할 수 있다. 당연히 장하준과 김수행 교수의 책도 읽었다.

문학에서도 '적절한' 작품을 찾아야 했다. 문학은 스토리 윤곽을 짜는 데 큰 도움이 될 뿐 아니라 그 작품에 대한 일반인들의 관심 역시 중요한 논거가 되기 때문이다. 가장 적절한 작품은 존 스타인벡의 《분노의 포도》와 《의심스러운 싸움》이었다. 특히 《분노의 포도》는 엄청난 베스트셀러가 되었을 뿐만 아니라 영화로도 만들어져 대단한 흥행 기록을 세웠다. 이 소설을 읽어보면 마르크스가 주장했던 '정치경제학 비판'의 문제들이 그대로 드러난다. 마르크스의 이론이 현실 그대로라고 주장하는 듯한 소설이다.

글을 쓰면서 스토리의 정당성을 뒷받침해 줄 구체적인 자료를 확인하거나, 글이 막히면 그 내용을 잘 이해하기 위해 또다시 새로운 자료를 읽고 소화해야 한다. 그렇게 글을 완성한다.

다 쓰고 나면 글을 편집한다. 이번에는 '어떻게 재구성하는 것이 내 이야기를 가장 효과적으로 잘 전달할 수 있을 것인가'에 대해서만 생각의 초점을 맞춘다. 필요하면 조금 더 과장된 표현을 쓰기도 하고, 경우에 따라서는 부드럽게 바꾼다. 이야기 순서를 바꾸는 것은 자주 있는 일이고, 아예 스타일을 바꾸기도 한다. 짧은 글은 짧은 글대로, 긴 글은 긴 글대로 이 과정을 거친다.

짧은 글은 이렇게 복잡한 과정이라고 해도 금방 해낸

다. 예를 들면, 1980년대 베스트셀러를 소개하는 8매
짜리 글을 쓴 적이 있는데 서너 시간만에 이 모든 과정
을 다 거쳤다. 물론 이미 읽은 책일 뿐만 아니라 맥락을
잘 알고 있기 때문에 가능했던 것이다.

　마지막으로 교정하고 교열하고 윤문한다. 이 경우는
횟수가 그다지 의미가 없다. 글을 다 쓴 다음에 하루 정
도는 묵히는데, 그사이에 다른 일을 한다. 그러다가 한
번씩 다시 읽어 보면서 문장을 다듬는다. 그때쯤에는
그대로 내놓아도 될 정도다. 조금이라도 더 완벽하게
고치고 싶은 마음에 몇 번 더 보는 것일 뿐.

논픽션 글만 이렇게 쓰는 건 아니다. 에세이도 마찬가
지다. 생활 에세이라면 내용은 대충 정해져 있다. 그래
도 필요하다면 글에 등장하는 상황을 다시 재연해 본
다. 그 상황에 깊이 몰입했던 느낌을 되새겨 보는 것이
다. 예를 들어 해삼탕에 관한 글을 쓴다고 하자.　해삼
탕 같은 경우 말린 해삼을 2~3일 정도는 불려야 한다.
그 과정을 고스란히 다시 거치며 느낌을 메모해 두었
다가 쓴다. '아는 것'으로 쓰지 않는다. 이런 종류의 글
은 느낌이 생생하게 살아 있을 때 써야 한다. 그런 다음

구체적인 내용을 일반화시켜야 하고 좀 더 그럴듯하게 극화해야 한다. 그러려면 판타지를 불러낼 양념이 필요하다. 최고의 양념은 통찰력이다. 그게 무엇이든 아무리 시시한 것이라 해도 적절한 이름을 붙여 주면 갑자기 특별해진다.

그러면 픽션이 아니냐고 묻는 독자가 있는데, 맞는 말이기도 하고 틀린 말이기도 하다. 인간의 능력으로는 글자 그대로의 논픽션을 쓸 수 없다. 모든 글은 픽션이다. 예를 들어 엄마와 딸이, 아버지와 아들이, 아니면 부부가 어떤 사건을 함께 겪었다고 하자. 두 사람이 각자 그 사건에 대해서 글을 쓴다면 어떨까? 어처구니없을 만큼 서로 다른 내용이 나올지도 모른다. 그런 예는 흔하다. 그렇다면 도대체 누구 말이 진실(논픽션)일까? 누구 말이 거짓(픽션)일까? 모두가 논픽션이면서 동시에 픽션이다. 다들 자기가 보고 싶은 것을 보고 말하고 싶은 것을 말하기 때문이다. 꾸미지 않았지만 꾸민 것이다. 이런 상황과 비교해 보면 좋겠다. 비가 쏟아지는 소리를 그대로 녹음하면 그다지 빗소리 같지 않지만 음향 효과를 위해 만든 빗소리는 정말 빗소리 같다.

마지막으로 덧붙이고 싶은 말이 있다. 생각이 내면보다 바깥을 향해 있을 때, 바깥세상과 만날 때 내면을 더 잘 이해하게 된다. 우리의 언어가 그렇게 만들어졌다. 무엇이든 비교될 때 정체가 분명하게 드러난다. 밝은 곳에서는 빛이 보이지 않지만 어둠 속에서는 아주 잘 드러나지 않는가. 바깥세상과 접점을 늘리고 깊은 애정을 가지고 바라볼 때, 내 자리가 어디인지, 내가 어떤 사람인지, 내가 무엇을 사랑하는지 더 잘 알 수 있다. 걸어 나가 보는 것이 가장 좋지만, 그게 안 된다면 책을 통해서든 비디오를 통해서든 SNS를 통해서든 밖을 보라. '창문을 열어야' 좋은 공기를 마실 수 있고, 기분도 좋아진다는 것을 잊지 말자. 글 쓴 사람의 기분은 글에도 담긴다.

I4 글이 막히면
파도타기

글이 막힐 때 어떻게 하면 좋을까? 요리에 대해 글을 쓰고 싶다면 그와 관련된 지식과 언어를 알아야 하는 것과 마찬가지로, **어떤 주제나 소재에 대해서도 잘 표현하려면 그와 관련된 지식과 언어를 알아야 한다.** 모르면 글로 써낼 수 없다. '막히는 것이다.'

그러나 걱정할 필요는 없다. 쓰고 싶은 주제나 소재에 대한 지식과 언어는 얼마든지 찾아낼 수 있다. 인류가 글을 쓰기 시작한 지 5,000년이 넘었다. 이제는 그것들 가운데 나에게 필요한 것을 '쉽게' 검색할 수 있다. 조사하면 다 나온다.

20세기만 해도 '막히면' 지금처럼 빠르게 자료를 찾아볼 수가 없었다. 이제는 내가 필요로 하는 자료가 어디에 있는지 정도는 금방 알 수 있다. 소설도 마찬가지다. 주제와 소재에 대해 얼마나 잘 알고 있는가, 자료를 충분히 가지고 있는가. 그것이 해결책이다.

움베르토 에코의 예가 재미있다. 다들 알다시피 그는 '중세' 전문가이다. 잘 알고 있을 뿐 아니라 충분한 자료를 가지고 있었다. 베스트셀러 《장미의 이름》은 중세가 배경인데 900쪽이나 되는 장편소설을 두 달 만에 썼다. 그런데 소설을 시작할 때는 중요한 모티브가 되는 아리스토텔레스의 '희극'론에 대해 정확하게 몰랐다고 한다. 글을 쓰는 동안 '어찌어찌하다가' 볼 수 있었지만. 그랬다고 하니 그도 분명 쓰다가 '막힌 적이 있으리라' 짐작할 수 있다.

에코의 다른 소설 《푸코의 진자》는 다 쓰기까지 8년이나 걸렸다. 에코는 소설에 등장하는 성전기사단이 있었던 프랑스나 포르투갈 지역을 방문하기도 했다. 《푸코의 진자》를 쓸 때는 '막히는 경우'가 많았던 모양이다. 그럴 때마다 충분히 잘 알기 위해 자료를 찾아보고 그것들이 소설에서 어떻게 쓰일 수 있는지 고민했을 것이다. 에코가 인터뷰한 내용을 보면 《푸코의 진자》를 쓰면서 좀 더 행복했던 것 같다. '새로운 세계'에 빠져들었던 즐거움이 그의 말에 묻어난다.[*]

---

[*] 파리 리뷰, 《작가란 무엇인가 1》, 다른, 2014, 전자책

참고로 나는 요리와 관련된 에세이를 쓸 때 자주 막힌다. 그럴 때마다 소재가 되는 그 음식에 대해 인문학적으로 조사하고 경험해 본다. 주재료의 원산지나 레시피와 과정에 담긴 의미, 요리 이름에 대해 알아보는 것이다. 그런 다음 유명한 셰프들이 만드는 것을 '관찰'해 본다. 마지막으로는 직접 만들어 보고, 담아 보고, 먹어 본다. 기회가 나면 다른 사람에게 만들어 주고 품평을 듣는다.

특히 처음 만들어 보는 요리라면 재료와 소스, 양념의 이름을 자주 확인하게 된다. 예를 들어 이탈리아 음식이라면 고추가 아니라 페페론치노(없을 때는 청양고추를 쓰지만)를 쓴다. 까르보나라를 만들 때는 훈제가 아닌 염장 베이컨 판체타(역시 훈제한 메이플 베이컨을 쓰기도 하지만)를 쓴다. 잘 알고 나면 '막히지 않고' 빠르게 쓸 수 있다. 그렇게 '지식과 언어'를 경험하며 새로운 세계에 드나드는 즐거움은 말로 다 표현할 수가 없다.

감상적인 문제라면 조금 다를 거라고 생각할지 모르겠다. 곧바로 경험해 볼 수 없는 것도 많을 테니까. 예를 들면 사랑의 느낌 같은 것. 그러나 역시 어려울 것은 없다. 상상력을 발휘할 준비만 되었다면 이것도 자료를 통해 어느 정도 해결할 수 있다. 비디오를 통해 몰입해 보는 것이다. 잘 쓴 소설을 읽어 보아도 깊이 느낄 수 있다. 어쩌면 이런 간접 경험이 글쓰기에는 더 큰 도움이 될지 모른다. 잘 생각해 보면 알겠지만 개인적인 연애나 사랑을 통해 느끼는 방식은 '사회적으로 잘 알려진 그것'과 비슷한 데가 꽤 많다. 게다가 '너무' 개인적인 느낌은 글로 써내기 어렵다. 표현할 수 있는 언어를 찾지 못할 수도 있다.

범죄와 관련된 상황은 그렇게 느껴 볼 수밖에 없다. 이제 그런 자료는 얼마든지, 충분히 있다. 다큐멘터리도 큰 도움이 된다.

나는 법의학을 주제로 책을 쓴 적이 있다. 현대 한국의 최초 법의학자라고 할 수 있는 문국진 선생과 인터뷰한 책이다. 선생이 느끼고 겪었던 끔찍한 살인 사건을 이해하려면 그 상황 속에 잠깐이라도 들어가 보아야 했다. 국립과학수사연구원을 방문해 가능한 한도 내에서 보고 느껴 보았다. 그리고 200편이 넘는 분량의 〈CSI 라스베이거스〉도 전부 보았다. 글을 쓰다가 막히면 관련 자료를 뒤졌다. 다행히 참고할 만한 책이나 다큐가 많았다.

글쎄, 내 경우는 그렇게 해서 풀어내지 못한 경우는 없었다. 앞에서도 말했지만 이 글 역시 막힐 때마다 끊임없이 자료를 찾아 참고하면서 쓰고 있다. 물론 피곤하거나 머리가 복잡하면 산책하거나 아주 다른 일을 하면서 쉬기도 했고. 당연한 말이지만 쉬지 않아서 글이 '막히는 경우'도 있다. 그럴 때는 쉬면 된다.

15 에세이, 개인적인 이야기가 개인적이지 않은 이유
― 자료 조사의 범위 01

스토리 윤곽을 잡기까지는 가능한 한 많은 자료를 섭렵할 필요가 있다. 개인적인 에세이라고 해도 마찬가지다. 어떤 이야기를 쓰든 이 세상과 격리된 진공 상태에 대한 것은 아닐 테니까. 개인적인 글이라 해도 거기에는 배경과 대상이 있다. 어떤 형태로든 갈등을 발견하지 않으면 좋은 스토리를 잡기는 어렵다. 글은 비디오나 사진과 달라서 쓰는 사람이 그 모든 것을 글자로 '번역'해야 한다. 배경과 대상, 갈등에 깊이 몰입해야만 그 모든 것이 제대로 보인다. 그래야 잘 쓸 수 있다. 개인적인 내용이라 해도 '자료 조사'는 필수적이다. 비슷한 이야기를 들려주는 소설 속의 한 구절을 보자.

막상 쓰다 보니 더 재밌게, 또 맛깔나게 쓰고 싶은 욕심이 앞섰다. 글쓰기는 매 순간이 결정과 선택의 연속이었다. 그런데 그걸 내가 잘하고 있는지 확신이 서지 않왔다. 이야기는 중간중간 자주 멈췄다. 그럴 때면 홀로 북극에 버려진 펭귄이 된 기분이 들었다. 참으로 막막하고 무시무시한 순간이었다. 그때마다 나는 부모님을 붙잡았다.

— 김애란,《두근두근 내 인생》, 2011, 창비, 89쪽

그저 있었던 일을 그대로 써 보자는 생각이었지만 잘 안 되더라는 이야기다. 글 쓰는 훈련이 되어 있지 않으면 잘 아는 이야기라 해도 써내기가 쉽지 않다. 이 소설의 주인공은 글 쓰는 훈련도 되어 있지 않고 자기가 하고 싶은 말이 무엇인가에 대해서도 '아직' 잘 모른다. 글쓰기가 어렵고 잘 안 될 수밖에 없다.

어린 시절에 글쓰기가 어려운 가장 큰 이유는 대개 '아는 게 너무 적어서'이다. 배경과 대상, 그런 것들이 어떻게 갈등의 이유가 되는지 알면 쉬워진다. 그래서 이 소설의 주인공은 부모를 붙잡고, "두 사람의 젊었을 적 이야기를 묻고 또 묻고, 한번 더 해달라"고 졸라댔던 것이다.

나이가 들면 조금 다르다. 예문을 하나 보자. 평생 문맹

이었던 분이 일흔쯤 처음 글을 배워 쓴 것이다.

그 해 내 나이 열여덟이었지. 음력 시월 스무아흐날, 아
래채 지붕 인다고 쌀밥하고 차조밥하고 두 솥을 하는데,
너희들 큰엄마 두 분은 광목 한 필 삶아서 샘에 씻으러
가고 나한테는 점심하라고 하더군. 나는 점심 늦을까
봐 정신없이 서둘렀지. 쌀밥은 해놓고 차조밥을 하는데
분수가 없어서 물이 넘도록 불을 때는데 밥 타는 냄새
만 나고 넘지를 안 하더군. 솥뚜껑을 열어 보니 위에는
생쌀이고 밑에는 타더군. 할머님은 방에서 점심 다 돼
가느냐고 야단하시고 천지가 아득한 게 내가 살면 무엇
하나 목이라도 매고 죽었으면 하는 생각이 들더군.

장면이 눈에 선하게 떠오르는 글이다. 이제 막 글자를
배운 분이라고 믿기 어려울 정도다. 짐작건대 두 가지
이유 때문에 이런 글이 가능했으리라 본다. 아마 글로
쓰기 전에도 기회가 있을 때마다 사람들에게 들려주었
던 이야기였을 것이다. 되풀이해서 말하다 보면 내용
이 잘 정리되고 다듬어진다. 글을 쓰고 고치는 과정을
말로 하는 것이다.

나의 저서 《책의 정신》도 10년 정도 되풀이해서 하던 강의 내용이었다. 강의는 강사가 깊이 공부하는 과정이기도 하다. 쉽고 재미있게 강의하려면 '아주' 잘 알아야 한다. 이 할머니의 경우도 마찬가지였을 것이다. 되풀이해서 말하다 보면 그 내용에 대해 더 잘 알게 된다. 실제 있었던 사건 그대로라기보다 좀 더 극화된 이야기다. 남는 것은 잘 다듬어진 스토리다.

이쯤에서 짚고 넘어가고 싶다. 인지과학의 연구 결과를 보면 인간의 기억력은 과거를 그대로 재현하는 데 그다지 관심이 없다. 지금 이 순간 말하는 사람의 명분과 미래 계획을 위해 봉사하는 방향으로 편집된다. 논픽션은 없다. 픽션만 있을 뿐. 생각해 보면 뻔하다. 누군가 이렇게 물었다고 하자.

"요 며칠 어떻게 지내셨어요?"

'요 며칠' 어떻게 지냈는지 자세히 대답하려면 어떻게 해야 할까? 요 며칠, 그러니까 사나흘만 해도 100시간 정도인데 모두 기억할 수나 있을까? 기억한다고 해도 그 모든 것을 설명할 '시공간'의 제약은 어쩔 것인가? 그렇다면 어떻게 대답해야 하는 것이 좋을까? 적당히 추려야 한다. 그러면 실제 일어났던 그대로 말하게 될까? 말하기 불편한 것은 빼고 화자의 입장을 살리는 쪽으로 조금 과장할 가능성이 높다. 의도하지 않는다 해도. 결국 개인적인 이야기도 픽션이 될 수밖에 없다. 화자의 관점에 따라 내용이 조절될 수밖에 없기 때문이다. 역사책도 마찬가지다. 수백 년 동안의 이야기를 책 한 권으로, 길어야 몇 권으로 '요약'해 놓은 것이다. 그 과정에서 쓰는 사람의 관점과 해석에 따라 이야기는 달라진다. 그래서 니체가 이렇게 말했을 것이다. '사실은 없다, 해석만 있을 뿐'. 같은 사건을 두고 다르게 말하는 당사자들이 많은 것은 어쩌면 당연한 일이다. 모두가 자신만의 진실된 픽션을 말하기 때문이다.

그럼에도 불구하고 논픽션이라는 단어를 쓰는 이유가 있다. 불가능하지만 추구해야 할 이상적인 목표가 필요하기 때문이다. 완전한 객관성은 있을 수 없지만 객관적이기 위해서는 노력해야 한다. 자료조사가 필요한 이유는 개인적인 이야기가 개인적이지 않기 때문이기도 하고, 주관적인 것이라 해도 객관적이 되려고 노력해야 하기 때문이다. 그래야 소통이 가능하고, 사람들의 공감을 얻을 수 있다.

16 비평,
잘 아는 것만으로는 부족하다
— 자료 조사의 범위 02

비평이라고 내놓을 만한 글을 쓸 때는 어느 정도 자료
를 섭렵해야 할까? 내가 《어느 독일인의 삶》에 대해 서
평을 썼던 과정을 자세히 예로 들어 설명해 보겠다.*

　모든 과정에 앞서 먼저 출판사에서 작성한 책 소개
를 읽어 보았다. 기본적인 정보를 통해 거칠게나마 자
리매김할 수 있기 때문이다.

　《어느 독일인의 삶》은 독일 나치 선전부장 요제프 괴벨
　스를 위해 일했던 브룬힐데 폼젤의 증언을 정치학자 토
　레 D. 한젠이 정리한 책이다. 1942년부터 1945년까지
　괴벨스의 비서로 일했던 폼젤은 이 책에서 자신은 그 당
　시 나치의 만행을 전혀 알지 못했다고 주장한다. (중략)
　106세 노인이 생의 마지막 순간에 들려주는 회고는 현

＊　해당 원고는 146쪽에 참고 자료로 수록하였다.

재 우리가 살고 있는 시대에 어떤 메시지를 전달하고 있
는가?

— 열린책들,《어느 독일인의 삶》의 책 소개, 부분

책 소개 글을 읽자 한나 아렌트의《예루살렘의 아이히
만》과 스탠리 밀그램의《권위에 대한 복종》이 떠올랐
다. 둘 다 평범한 사람들이 체제에 적응하고 살아가면
서 의도적이지는 않지만 결과적으로 지독한 악행을 저
지를 수 있다는 내용을 담고 있다.

첫 번째 책의 주인공, 아이히만은 나치 고위층으로
유대인 학살의 주범 가운데 한 사람이었다. 그러나 전
쟁이 끝난 뒤에 사라져 버렸다. 이스라엘의 정보부인
모사드가 남미에서 그를 잡아 법정에 세웠다. 아이히
만은 군인으로서 명령에 복종했을 뿐이라고 했다. 그
재판을 죽 지켜본 한나 아렌트는 나치의 유대인 학살
은 체제에 적응한 '평범한 사람들의 악행'이었을 뿐이
라고 결론을 내린다. 유대인들로서는 도무지 이해할
수 없고 분노할 수밖에 없는 내용이었다. 독일 사람들
이 모두 악해서가 아니라 누구나 그런 상황에서는 그
랬을 것이라는 이야기였으니. 한발 더 나아가 한나 아

렌트는 나치 독일의 유대인들도 다르지 않았다고 말했다. 유대인 지도자들도 나치의 계획에 동조한 것이나 다를 바 없다는 것이다. 같은 유대인이었던 한나 아렌트가 그렇게까지 말하는 데 얼마나 큰 용기가 필요했을는지 짐작이나 할 수 있겠는가. 그런 상황을 절절히 느껴 보고 싶어서 영화 〈한나 아렌트〉를 보았다. '느껴 보는 것'은 어떤 사안을 잘 판단하는 데 무척 중요하다. 느낌이 없다면 판단도, 선택도 없다.

《권위에 대한 복종》의 저자 스탠리 밀그램의 실험은 유대인 학살이 한나 아렌트가 《예루살렘의 아이히만》에서 역설한 '악의 평범성'이었다는 것을 재현해 보였다. 그 끔찍한 악행이 체제 속의 사람들 모두가 함께 저지른 악행이었음을 밝혀낸 것이다. 이 실험 결과는 '밀그램 프로젝트'라는 이름으로 알려졌고 2015년에 동명의 영화로 만들어졌다. 이후 미국과 유럽에서 몇 차례 비슷한 실험이 있었다. 1971년 '스탠퍼드 감옥 실험'도 그중 하나이다. 이 실험은 《루시퍼 이펙트》라는 책으로도 출간되었고, 영화로도 여러 번 만들어졌다. 특히 2015년 미국에서 만들어진 영화는 원래 실험을 거의 그대로 재현했다는데, 내가 보기에는 상당히 과장되어 보였다. 사람들의 행동은 사회 제도나 주어진 역할에 영향을 받긴 하지만 노예가 되지는 않는다. 만일 그랬다면 인류 사회가 오늘날과 같이 '진보'할 수는 없었을 테니까.

이 실험은 조지 오웰의 소설 《1984》를 떠올리게 한다. 소설 속에서는 모두가 제도의 노예로 살아가고 양심의 가책에 따라 저항하는 사람들은 모두 제거된다. 비극적으로 끝난다. 그러나 현실은 그렇지 않았다. 철권통치로 이루어졌던 끔찍한 사회 환경은 어디서나 세월의 힘을 견디지 못하고 무너졌다. 평범한 사람들의 구조적인 악행이 일시적으로 만연할 수 있지만 영원히 이어갈 수는 없었던 것이다. '예루살렘의 아이히만'이 악행을 저지를 수 있었던 그 사회체제는 붕괴되었고, 결국 재판을 받고 사형선고를 받지 않았는가.

그런 의미에서 나는 인류의 미래를 낙관적으로 보았다. 인류에게 문제가 없다는 것이 아니라 인류에게는 스스로의 문제점들을 냉정하게 바라보고 반성하며 개선해 나가는 힘이 있다고 믿었다.

베른하르트 슐링크의 소설 《책 읽어주는 남자》도 같은 주제를 다룬다. 소설이라 좀 더 복합적이긴 하지만 멋진 메타포를 통해 아주 재미있는 이야기로 풀어냈다. 나치 독일에서 그저 다들 하는 대로 적응하면서 살았던 '착한' 여자의 이야기다. 그녀가 '문맹'이라는 설정은 작위적이지만 멋진 메타포로 작동하긴 했다.

　서평 대상인《어느 독일인의 삶》의 주인공은 속기사였다. '글을 잘 알았지만' 그녀가 만든 문서들이 얼마나 끔찍했는지 '몰랐을 뿐' 아니라 세상에 적응하고 출세하는 것 이외에는 관심이 없었다고 했다. 나치 독일에서 체제에 적응하기 바빴던, 그래서 의도하지는 않았을지 모르지만 결과적으로 수많은 사람들을 학살하고 죽이는 일에 동참했던 사람들이 글을 아는 것과 모르는 것에 무슨 차이가 있었는가.

　《책 읽어주는 남자》의 여주인공은 나치 정권 아래에서 그저 시키는 대로 일을 했을 뿐이다. 전후에 전범으로 유죄 판결을 받고 감옥에 있으면서 읽기와 쓰기를 배운다. 그러는 동안 "프리모 레비, 엘리 비젤, 타데우시 보로프스키, 장 아메리 등 희생자가 쓴 글"과 "루돌프 회스가 쓴 자서전적인 글들, 예루살렘의 아이히만에 대한 한나 아렌트의 보고서 그리고 강제수용소에 대한 학술적인 글"을 읽었다. 결국 여자 주인공은 자살

한다. 짐작건대 그저 체제에 적응하기만 했던 행동의 결과가 무엇인지 알고 나서 극단적인 회의를 느꼈던 것 같다.

또 영화 〈제로 다크 서티〉를 보면 미 정보부 요원이 거리낌 없이 무슬림을 고문하는 장면이 나온다. 임무를 완수하기 위해서는 못할 것이 없다고 여기는 것이다. 그러다가 대통령이 미군은 절대로 비인간적인 고문을 하지 않는다고 공식 발표한 뒤에는 할 수 없게 된다. 이 요원들은 그러면 앞으로 어떻게 정보를 얻을 수 있겠느냐며 탄식을 한다. 특히 스파이물에는 '악의 평범성'을 보여 주는 장면이 많다. 현실에서는 2004년 아부그라이브교도소에서 '평범한 젊은이가 군인이 된 뒤' 아무렇지도 않게 적을 고문하는 장면이 비디오로 찍혀 폭로되기도 했다.

독일 영화인 〈디 벨레〉도 보았다. 언제든 또다시 히틀러 같은 독재자가 출현할 수 있다는 교훈을 주는 내용이다. 1999년 4월 미국 콜럼바인 고등학교에서 벌어진 총격 사건을 다룬 마이클 무어의 〈볼링 포 컬럼바인〉과 그 당시 가해자였던 아들의 어머니가 쓴 책《나는 가해자의 엄마입니다》도 있다. 짐 캐리가 주연한 영화 〈예스 맨〉도 보았다. 생각나는 대로 정리한 게 이 정도이다.

대략 7권의 책과 10편의 비디오를 본 다음에 서평을 썼다. 이것들 가운데에는 서평을 의뢰받기 전에 보아서 아는 것들도 있다. 다시 챙겨 본 이유는 기억을 되살릴 뿐 아니라 몰입해서 느껴 보고 싶었기 때문이다.

사람들에 따라서는 내가 서평 하나를 쓰기 위해 참고한 자료의 양이 지나치다고 생각할 수도 있다. 그럴지도 모른다. 그렇지만 이유가 있다. 어떤 주제를 다룰 때 그것에 대해 잘 아는 것만으로는 부족하다. 그것에 대한 분명한 느낌이 있어야 한다. 이 이야기는 다음 꼭지에서 더 이어갈 것이다.

17 작품은
자료 조사의 결과이다
─ 자료 조사의 범위 03

자료 조사를 통해 알게 된 것은 '악의 평범성'이 전부가 아니었다. 《예루살렘의 아이히만》(1963)이 발표되었던 당시에 '악의 평범성'보다 더 크게 문제가 되었던 것은 단순히 체제에 순응하는 평범한 '타인'들이었다. 피해자들의 순응적인 태도였다. 유대인들조차 저항은 생각지도 못한 채 자기 자신을 부정하고 포기할 정도로 인간성이 파괴되어 있었던 것이다. 유대인 공동체의 지도자들마저 체제에 대한 질서 의식이 너무나 잘 내면화된 나머지 나치에 협력할 정도였다.

예루살렘의 아이히만 재판을 통해 그런 점까지 볼 수 있었던 것은 한나 아렌트의 놀라운 안목 덕분이다. 그런 의미에서 한나 아렌트의 저작물 가운데 가장 유명한 작품인 《전체주의의 기원》(1951)으로 거슬러 올라가 볼 필요가 있다. 나치와 같은 끔찍한 전체주의는 국민과 함께 공모한 범죄 집단과 다를 바 없다는 내용이다. 그 글은 제2차 세계대전이 끝난 지 얼마 지나지 않았고, 유대인들은 모두가 억울한 희생자라고만 생각하던 시기에 발표되었다. 자신도 유대인인 한나 아렌트가 이런 생각을 글로 쓰고 발표하기에는 고민도 컸을 것이고 현실적인 어려움도 만만치 않았을 것이다.

그 분위기와 구체적인 내용은 영화 〈한나 아렌트〉에 너무나 잘 표현되어 있다. 그런 총체적인 상황을 볼 수 있다는 점에서 자료로서 영화나 다큐멘터리의 장점을 무시해서는 안 된다.

이런 악의 평범성이나 악의 일상성은 현대에도 사라진 것이 아니다. 엘리트 자본가들이 퍼뜨리는 '긍정의 힘' 같은 사기극에 많은 사람들이 열광하고 있지 않은가. 《누가 내 치즈를 옮겼을까?》 같은 책들이 악의 평범성을 부추기고 현대판 '예루살렘의 아이히만'을 만드는 부작용을 가져온다고 볼 수도 있는 것이다. 그에 대해 비판적인 생각은 《긍정의 배신》에 잘 정리되어 있다.

《어느 독일인의 삶》의 서평을 쓰기 위해 한나 아렌트의 《예루살렘의 아이히만》부터 《누가 내 치즈를 옮겼을까?》까지 자료를 조사하며 살펴보았다. 이렇게 넓고 깊게 조사하고 느껴 보아야 할 이유는 무엇일까? 무엇보다 고정관념에 치우칠 가능성을 배제하려는 것이다. 모두가 편견이다. 편견은 다양한 편견을 섭렵함으로써 그 편협한 주관성의 문제에서 조금이라도 벗어날 수 있다. 그리고 '정말 잘 아는 주제'가 되어야 꼭 짚어야 할 말이 무엇인지 정확하게 알 수 있다. 어떤 의미에서 글을 쓴다는 것은 '우선순위'를 부여하는 것이다. 글로 쓸 수 있는 시공간의 한계가 있기 때문이다.

그런 의미에서 무엇을 쓸 것인가를 고민하고 있다면 아직 좋은 글을 쓰기는 쉽지 않다. 무엇을 쓰지 않을 것인가를 고민할 정도가 되어야 좋은 글을 쓸 가능성이 높다. 글은 아무리 길어도 짧다. 쓰고 싶은 내용을 다 쓸 수 없다. 선택과 집중이 필요한 것이다. 몇 가지 선택지를 가지지 못한 상태라면 아직 제대로 준비되지 않았다고 보아야 한다. 그 선택은 '감정의 몫'이다. 그런 의미에서 주제가 펼쳐지는 상황에 들어가 당사자의 입장이 되어 보아야 한다. 바로 그 '대상'이 되어 가장 중요한 것이 무엇인지 느껴 보아야 하는 것이다.

그럴 때 영상 자료가 큰 도움이 된다. 구체적인 상황

을 볼 수 있게 해 주기 때문이다. 그렇기에 제2차 세계 대전 당시 나치의 악행이 잘 드러난 영화도 봐 두었다. 전쟁이 끝난 뒤 전범 재판을 다룬 영화 〈뉘른베르크〉 (2000)다.

나는 글쓰기를 가르칠 때 자료 조사 범위에 대해 자세히 설명한다. 어떤 주제를 쓰겠다고 하면 어떤 자료를 읽고 보면 좋을지 구체적으로 알려 준다. 정독과 다독이 되면 조금만 조사해 보아도 자신이 어떤 자료를 읽어야 할지 금세 파악할 수 있다.

그러면 사람들은 글 한 편을 쓰는 데 너무 많은 시간이 필요한 것 아니냐고 생각한다. 당연하다. 여기에서 원고를 써내기 위한 시간 사용에 대해 짧게 정리하고 넘어가자.

영화 〈한나 아렌트〉에 이런 장면이 나온다. 원고를 부탁한 《뉴요커》의 담당자가 한나 아렌트에게 전화를 했다. 원고를 빨리 받아오라는 회사의 재촉 때문에 전화하긴 했지만 통화가 되자 아주 다른 말을 했다. 그저 '시간을 충분히 써도 괜찮다'라고. 한나 아렌트 역시 마음에 드는 원고가 만들어지기 전까지는 넘길 생각이 조금도 없다는 것을 분명히 한다. 글쟁이라면 누구에게나 대단히 인상적인 장면일 것이다. 글을 쓰다 보면 거의 언제나 예상치 못한 문제에 부닥친다. 어려운 주제일 경우 더욱더 그렇다. 그 문제를 해결하기 위해 많은 시간이 필요할 때도 있다. 지금까지 내가 만난 편집자들은 늘 기다려 주었다. 고마운 일이다.

단행본이라면 어느 정도 그럴 수 있겠지만 정기간행물에 실을 원고라면 마냥 기다리기는 어렵다. 데드라인이 있고 그걸 반드시 지켜야 하기 때문이다. 그러니 정기간행물 원고는 '준비된 필자'에게 청탁해야 하고, 필자 역시 '준비된 주제'에 대해서 써야 한다.

조금 늦어지더라도 만족스러운 글을 쓰는 것이 더 중요하다. 핵심을 아는 것은 생각보다 어렵지 않다. 심지어 다들 알고 있는 경우도 많다. 《예루살렘의 아이히만》의 핵심이 무엇인지 아는 사람은 무척 많다. 글은 언제나 비교되는 것이며 그 결과는 '새로운 구체성'을 통해 드러난다. 그러기 위해 자료 조사는 지나칠 정도로 많이 할 필요가 있다.

특히 작품이라고 할 만한 글을 쓰기 위해서는 '자료 조사'가 절대적이다. 조정래는 장편소설을 쓰기 위해서 언제나 깊고 넓게 자료를 조사한 것으로 잘 알려져 있다.《태백산맥》(전 10권)을 쓰기 위해서는 4년이 걸렸다고 한다. 그런 의미에서 작품은 자료 조사의 결과이다.

앞에서 한 번 강조했지만, 글은 '알고 있는 것을 쓰는 게' 아니다. '몰라서 알기 위해' 쓰는 것이다.

평범한 사람들의 악행 보고서
─《어느 독일인의 삶》에 대한 서평

한나 아렌트가 쓴《예루살렘의 아이히만》(1963)이라는 책이 있다. 부제가 '악의 평범성에 대한 보고서'인데 이것이 책의 주제이다. 여기에서 쓰인 평범성이란 말은 the banality를 번역한 것인데, 이는 '평범한 사람들(의 악행에 대한 보고서)'이라고 번역하는 게 더 정확해 보인다. 저자는 평범한 사람들이 아무 생각 없이 저지르는 악행에 주목해야 한다고 말하고 싶었던 것이다.

문제는 그렇게 주장하기 위해 '예루살렘의 아이히만'을 예로 드는 것은 무리가 좀 있긴 하다.

1990년대 이후에 자료가 공개되면서 아이히만을 평범한 사람으로 보기는 어렵다는 것이 확인되었기 때문이다. 2001년에 독일에서 출간된 베티나 스탕네트가 쓴 책《예루살렘 이전의 아이히만》(아직 한국에 번역되지 않았다)을 보면 그는 명령을 받는 사람이 아니라 명령을 내리는 사람이었다. 인종 말살 정책을 포함해 온갖 전쟁 범죄를 앞장서서 저질렀던 슈츠슈타펠 부대의 중령으로 홀로코스트의 실무 책임자였던 것이다. 자발적이고 구체적인 악행의 증거들은 충분해 보인다.

거기에 비하면 이 책,《어느 독일인의 삶》의 주인공인 브룬힐데 폼젤은 한나 아렌트의 주장에 완벽하게 들어맞는 예로 보인다. 그는 나치 독일 시절 괴벨스의 속기 비서였다. 괴벨스는 나치 독일의 선전장관으로 히틀러를 우상화해서 독재자로 만드는 데 결정적인 역할을 했다. 출판과 방송, 영화 등의 미디어를 통제하면서 유대인을 탄압하는 등 나치 정권의 악행의 최전선에 섰던 사람이다.

그런 사람의 속기 비서였던 사람은 평범한 사람일까? 시스템에 적응하고 출세하기 위해 부단히 노력했던 '평범한 사람', 명령에 따르기만 했던 사람일 수 있을까?

이 책은 바로 그 이야기를 들려준다. 브룬힐데 폼젤은 어린 시절에 우연히 뛰어난 속기 실력을 갖추게 되고, 그 때문에 방송국에 취직할 수 있었다. 나치가 언론을 통제하던 시기였다. 그런 상황에서 '정치적으로는 조금도 관심이 없지만' 그저 많은 월급을 받고 더 나은 사회적인 대우를 받기 위해 나치당에 가입한다. 그는 자신의 행동을 합리화하는 내용을 회상하는 방식으로 보여 준다.

"우리는 자연스럽게 순종을 배웠어요. 가정 안에서 사랑과 배려 같은 건 부족했죠. 오히려 우리는 순종하는 가운데 서로를 속이고, 거짓말하고, 남에게 책임을 전가하는 일에 익숙해졌어요. 그러니까 이런 일들을 통해 원래 아이들에게는 없던 특성이 우리 속에서 깨어난 거죠."

이 말은 103세가 되어서야 인터뷰를 통해 털어놓은 것이다. 대략 100년 전의 어린 시절을 또렷하게 기억하고 있다는 말이다. 과연 기억인지, 자신의 행적을 합리화하기 위해 끝없이 되새김질한

창작인지는 정확하게 알 수 없다.

그리고 자신은 정말로 나치당에 관심이 없었음을 강조한다. 그저 속기를 잘하는 성실한 기술자였다는 것이다. 그러나 방송국에 취직해서 많은 월급을 받기 위해서는 당원이 되는 게 필수적이라는 생각을 했다고 한다.

"서류에 서명을 했어요. 매달 당비가 2마르크나 됐어요. 제법 부담이 되는 금액이라 마음이 아팠어요. 하지만 그보다 더 아팠던 것은 입회비로 10마르크를 내야 한다는 것이었어요. 정말 쓰라렸죠. (중략) 그럼에도 나는 가입 서류에 서명을 했어요. 방송국에 들어갈 수만 있다면 10마르크 정도는 금방 벌 수 있을 거라고 생각했기 때문이죠. 실제로도 그랬어요. 아무튼 이렇게 해서 나는 당원이 되었어요."

이 평범한 속기 기술자가 권력의 핵심부에 스며들 수 있었던 것은 상관에 대한 맹목적인 순종과 충성심 덕분이었다. 이 책에는 당시에 저질러졌던 끔찍한 사건에 대한 이야기는 거의 없다. 그에게 그런 일은 자신의 업무와 아무런 관계가 없었고 알고 싶지도 않았다고 되풀이해서 말할 뿐이다. 그러면서 받은 보상에 대한 만족감을 감추지는 않았다.

"약간 선택받은 느낌이었어요. 그래서 거기서 일하는 것이 만족스러웠어요. 모든 것이 편했고 마음에 들었죠. 쫙 빼입은 사람들, 친절한 사람들……. 그래요, 난 그 시절 껍데기로만 살았어요. 어리석게도요."

폼젤의 반성은 이런 정도다. 단지 어리석었다고만 자책할 뿐 자기는 조금도 책임이 없고, 자기 입장이 되면 누구라도 그러했으리라는 것이다. 그 업무라는 것이 죄 없는 사람들을 대량 학살하는 것이든 아니든 그런 것에는 관심을 가지지 않았고, 자기는 몰랐노라고 강변한다. 그러나 조사 결과를 보면 그 당시 평범한 독일인들 40퍼센트 정도는 홀로코스트를 알고 있었다고 한다.

당시 사회 분위기를 말해 주는 시가 하나 있다. 그뿐만 아니라 보통 사람들의 무심한 '악행'이 얼마나 끔찍한 결과로 이어지는지에 대해 말한다. 기억해 둘 만한 시다.

나치가 그들을 덮쳤을 때

— 마르틴 니묄러(1892~1984)

나치가 공산주의자들을 덮쳤을 때,

나는 침묵했다;

나는 공산주의자가 아니었다.

그다음에 그들이 사회민주당원들을 가두었을 때,

나는 침묵했다;

나는 사회민주당원이 아니었다.

그다음에 그들이 노동조합원들을 덮쳤을 때,

나는 아무 말도 하지 않았다;

나는 노동조합원이 아니었다.

그다음에 그들이 유대인들에게 왔을 때,

나는 아무 말도 하지 않았다;

나는 유대인이 아니었다.

그들이 나에게 닥쳤을 때는,

나를 위해 말해 줄 이들이

아무도 남아 있지 않았다.

'정치적 무관심'을 포함한 이 책의 현대적인 의미

는 사회학자인 토레 D. 한젠의 해설 부분에 아주 자세하게 나온다. 거기에서 오늘날 우리 사회에 있는 수많은 '브룬힐데 폼젤들의 악행'을 가볍게 볼 경우 어떤 불행한 사태를 맞을 수 있을 것인지 경고하고 있다. 그 부분이 더 중요하게 읽힌다.

마지막으로 이런 '문제'에 대한 현대의 심리학 실험에 대해서도 알아 두면 좀 더 깊이 이해할 수 있지 않을까 싶다. 한나 아렌트가《예루살렘의 아이히만》을 쓰던 시절에(정확하게 같은 시기에) 미국에서는 보통 사람들이 사회적 권위를 무비판적으로 받아들일 때 끔찍한 악행을 쉽게 저지를 수 있음을 보여 주는 '밀그램의 복종 실험Milgram experiment'이 진행되고 있었다.

밀그램은 이 실험 결과를 바탕으로 보통 사람들의 무심한 악행에 대해 이렇게 결론을 내렸다. 사람들이 파괴적인 권위에 굴복하는 이유는 성격보다 상황에 있다. 사회 시스템 속에서 권위 있는 사람의 명령을 받으면 아무리 이성적인 사람이라도 윤리적, 도덕적인 규칙을 무시하고 명령에 따라 잔혹한 행위를 저지를 수 있다. 그들은 긍정적인 사고방식을 가지고 자기가 속한 사회에 가장 잘 적응한 사람들이었다.

18 　스토리 윤곽 잡기는 미스터리 스릴러처럼

자료 조사를 제대로 하려면 시간이 많이 필요하다. 그러다 보면 조사한 내용을 전부 기억하기도 어렵다. 생생했던 느낌이 희미해질 수도 있을 것이고. 그래서 자료에 대한 기억뿐만 아니라 자료에 대한 느낌까지 보관해야 한다. 기억과 느낌을 자극하는 자료를 만들어 갈무리하고, 잘 활용해야 한다.

　자료를 섭렵하는 동안 떠오르는 대로 쓰라고 했던 것을 기억하기 바란다. 중요하다고 느끼는 것도 모두 메모해 둘 필요가 있다. 그럴듯한 구절 역시 그대로 적어 두면 도움이 된다. 이때 '손으로 쓰는 수첩 메모'를 권한다. 손으로 써야 더욱더 잘 기억할 수 있기 때문이다. 이미지도 수집해 둘 필요가 있다. 이미지가 글자보다 순간의 느낌과 내용을 훨씬 더 잘 떠오르게 해 준다.

　그러다 보면 직관처럼 질문이나 '가설'이 떠오르는데 그것들도 무척 중요하다. 질문에 대해서는 다시 조사해 보면 되지만 직관의 경우는 좀 다르다. 직관은 진실을 발견하는 데 중요한 나침반 역할을 하면서도 고정관념에 휘둘려 착각하게 만들기도 한다. 처음 자료 조사를 할 때의 생각과 자료 조사가 끝난 뒤, 또는 글을 시작할 때와 글이 끝난 뒤의 생각이 달라지는 이유가 그것이기도 하다. 직관은 중요하지만 조심스럽게 받아들여야 한다.

스토리 윤곽 잡기는 미스터리 스릴러에서 어려운 사건을 해결하는 과정에 사용되는 방법을 권한다. 수많은 자료를 벽에 붙이고 한눈에 볼 수 있게 만든 다음 스토리를 구성해 보는 것이다. 스토리 윤곽이 잡혀야 범인이 누구인지 알 수 있다. 스토리가 아무리 그럴듯하지 않아도 마지막 남은 가능성이 지금, 현재의 진실이다.

얼마 전에 본 미스터리 드라마가 글쓰기 과정과 너무나 비슷했다. 이런 스토리다. 누구도 관심을 가지지 않는 어린 여자아이가 사라졌다. 혼자 사는 아이였는데 평소에 행실도 그다지 좋지 않았다. 그 지역 경찰은 그저 어디로 가 버렸거니 하고 신경 쓰지 않았다. 그런데 그 실종 사건에 관심을 가진 외지의 수사관이 등장한다. 그 수사관의 '스토리 윤곽 잡기'는 글쓰기를 위한 자료 조사와 아주 비슷했다.

　사람들을 만나 질문을 하면 모두가 자기 입장에서 할 수 있는 말을 하거나 자기 입장이 불리하지 않게 거짓말을 한다. 글을 쓰기 위한 자료 조사에도 비슷한 일이 일어난다. 저자의 입장에 따라 같은 사실에 대한 해석이 달라지기도 하고 자기 논리를 증명하기 위해 '거짓 자료'를 들이대기도 한다. 맥락에 비추어 비판적으로 받아들이고 해석해야 한다.

　드라마에는 사회적으로 존경받는 직업을 가진 사람의 거짓말과 그 이유를 파헤치는 장면도 자주 등장한다. 마찬가지다. 상당히 권위 있는 저자들의 연구에도 허튼소리나 엉터리 논증이 적지 않다. 또는 유효기간이 지난 내용일 수도 있고.

　그런 것들을 하나하나 확인하다 보면 진실로 다가가는 길이 점점 더 복잡하다는 생각이 들 것이다. 그때부터 **'자료 종합하기'를 시작해야 한다. 미스터리 스릴러에 자주 등장하는 마인드 매핑이나 프로파일 방식이 바로 이 단계의 방법과 목적을 보여 준다.** 범인이 누구인지를 알려 줄 스토리를 구성해 내기 위해서 자잘한 주변 사실들을 모아 한눈에 볼 수 있도록 펼쳐 놓고 자주 들여다볼 필요가 있다. 우리 생각은 우리가 생각하는 것보다 훨씬 더 '견물생심' 한다. 자료 조사하는 동안에 중요한 것들은 메모하고, 사진을 찍어서 종합할 수 있도록 준비해야 한다. 벽에 가득 붙여 둔 자료들을 한눈에 보고 느끼면서 아직 찾아내지 못한 퍼즐 조각이 무엇인지 확인해야 한다. 이렇게 하면 자기가 쓰려고 하는 글의 전체 윤곽만이 아니라 장단점까지 아주 잘 이해할 수 있다.

특히 책을 쓴다면 이런 과정을 꼭 거치길 권한다. 천재라고 해도 마찬가지다. 천재 중의 천재인 영국 드라마 〈셜록〉의 셜록도 벽 두 개 가득 붙여 놓은 자료를 보면서 범인을 찾는다. 더욱이 둔재라면 그래야만 진실 가까이에 다가갈 수 있다.

글은 참 고집스러운 것이다. 발표하고 나면 고치기가 어렵다. 책으로 나오면 더욱더 그렇다. 그래도 용감하게 쓸 수밖에 없지만, 그 용기는 성실하고 충분한 자료 조사를 배경으로 나온 것이라야 한다. 그렇지 않다면 만용이다. 그 만용은 사람들을 해치는 날카로운 칼이 될 수 있다. 칼은 생명을 살리는 음식을 만들기도 하지만 죽음에 이르게 만드는 무기가 되기도 한다. 의도치 않게 누군가에게 상처를 줄 수도 있다.

이런 방식이 처음에는 어려울지 모르지만 시간이 지나면 그 누구보다 자기 자신에게 좋은 것임을 알게 된다. 어떤 글을 쓰든 '자료 조사' 과정이 축적되면서 미래의 내가 만들어지기 때문이다. 이런 과정을 되풀이하다 보면 자료 조사 시간이 빨라지고 스토리 윤곽도 쉽게 잡힌다. 이러한 과정을 오래 거친 사람이라면 짧은 글의 경우 2~3일이면 써낼 수 있을 것이다. 이러한 과정을 거치지 않으면 소모적인 글쓰기가 되기 쉽다. 이건 무척 중요한 문제다.

평생 글을 써 온 사람들 가운데 나이가 들어서 글을 못 쓰는 사람들도 꽤 많다. 기자들도 많고 작가들도 많다. 그들이 그렇게 된 가장 큰 이유는 소모적인 글쓰기로 시간을 너무 많이 보냈기 때문이 아닐까 싶다.

그 문제에 대해서 좀 더 잘 느끼고 싶다면 《공중그네》에 실린 마지막 단편 〈여류작가〉를 읽어 보길 바란다. 주인공인 '여류작가'는 인기 작가지만 '안 읽어도 뻔하지'라는 말을 들을 수밖에 없는 글을 계속 쓴다. 다른 사람들이 원하는 글을 빠르게 써내기만 했던 것이다. 그러다가 글 쓰는 일이 괴로운 일로 변하고 신경과 치료를 받게 된다.

이 경우 딱히 작가에게만 책임을 물을 수 없다. 자기가 쓰고 싶은 글을 썼다가 전혀 팔리지 않는 '고난'을 겪고 나서 '다른 사람들이 원하는 글'을 쓸 수밖에 없었으니까. 그렇다고 해도 선택의 여지가 전혀 없었다고 말할 수는 없다. 이 여류작가는 소모적인 글쓰기에 매달렸고 그 결과 '쓸 수 없는 상태'에 이른 것이다.

우리는 살아가면서 급한 일과 중요한 일을 하기 위해 시간을 잘 배분해야 한다. 급한 일에만 매달리면 중요한 일을 하지 못한다. 급한 일은 대개 소모적이다. 중요한 일은 당장 도움이 되지는 않을지 모르지만 세월과 함께 나를 성장시킨다.

글쓰기 문제를 다룬 영화 〈파인딩 포레스터〉에 이런 대사가 나온다. 유명한 작가가 작가 지망생에게 묻는다. "왜 남을 위해서가 아니라 나를 위한 글이 언제나 더 좋을까?"

19 집요한 검색으로
디테일을 채워라

재미있는 스토리는 거의 모두가 극단적이면서 보편적이다. 여기에서는 내가 쓴 책《책의 정신》의 첫 번째 이야기, 〈포르노 소설과 프랑스 대혁명〉의 줄거리를 만들었던 과정을 짚어 가면서 설명해 보겠다. 다른 작가의 예를 들 수도 있겠지만, 그 과정을 정확하게 알 수 없으니 어쩔 수 없다.

《책의 정신》을 읽은 어떤 독자는 책의 서두에서 포르노를 들먹인 이유가 사람들의 관심을 끌기 위한 것이 아닌가 의심스럽다고 했다. 나는 그런 식으로 생각해 본 적이 없다. 자료를 조사하고 줄거리를 짜 맞추어 보니 포르노그래피가 프랑스 대혁명을 일으킨 중요한 '범인' 가운데 하나임을 알게 되었고, 그랬다는 것을 여러 가지 증거를 바탕으로 설득력 있게 풀어 가려고 했던 것뿐이다. 더욱이 그 스토리에 담긴 메시지는, '세상을 바꾼 좋은 책이란 어떤 것인가?'이다. 제1장의 내용으로 적당하지 않은가.

재미있는 구도라고 생각지 않았던 것은 아니다. 평등과 인권이라는 지고의 가치를 발명하여 엄청난 사회적 변화를 가져온 프랑스 대혁명의 '지적인 기원'에 포르노그래피가 큰 자리를 차지하고 있다니, 나 역시 대단한 아이러니라고 보았다. 사람들은 대개 포르노그래피를 저열한 장르라고 생각하는데, 그것이 세상을 바꾸는 데 결정적인 역할을 했다니.

포르노그래피를 저열한 장르라고 생각한 저변에는 사회적, 계층적 갈등이 있었다. 갈등의 발견이 곧 스토리의 발견이다. 갈등 관계인 캐릭터들을 무대에 올려놓고 그들이 풀어 나가는 이야기를 받아 적기만 하면 드라마가 되기 때문이다.

소설가 스티븐 킹이 그런 말을 한 적이 있다. 자기는 무대를 설치하고 갈등 관계의 인물을 등장시킨 뒤 일어나는 사건을 보면서 기록한다고. 말하자면 그런 식으로 줄거리를 짜고 디테일을 써 나갔다. 물론 줄거리와 디테일은 광범위한 자료를 섭렵하면서 찾은 것이었다. 완전범죄를 꿈꾸는 범인을 찾아내기 위해 조사한 다음 가장 그럴듯한 스토리를 구성해 내는 방식으로.

갈등하는 인물들을 가상의 무대에 올리면 픽션이 된다. 픽션은 그럴듯한 이야기이다. 그럴듯하다는 판단은 논픽션을 통해 구성된 현실 감각이 만든다. 픽션과 논픽션은 아주 다른 것 같지만 닮은 데가 많다. 논픽션의 세상에서 갈등 관계를 발견했다면 조사해 보라. 거기에도 틀림없이 멋진 드라마가 있을 것이다. 논픽션이 더 픽션 같다고도 하지 않는가.

일단 갈등 관계를 찾아내자. 그러고 나면, 줄거리를 만들고 디테일을 통해 논증하며 스토리를 완성하는 것은 시간문제이다. 미스터리 스릴러에서 범인과 범행의 동기를 짐작하고 나면 범행을 증명하기는 쉬워지는 것과 같다.

논픽션을 쓰는 사람 입장에서는 모든 디테일을 꾸며 내지 않고 실재했던 사실을 찾아 드라마처럼 재구성하기가 쉽지 않으리라고 생각할 수 있다. 그건 옛날이야기다. 한국에 한 해에 몇 종의 책이 출간되는지 아는가? 대략 8만 종이다. 우리가 참고할 수 있는 텍스트의 양을 생각하면 어마어마하다. 자료의 양보다 더 놀라운 것은 필요한 내용을 쉽게 찾을 수 있다는 점이다. 검색하면 다 나온다. **줄거리를 잡은 뒤에는 검색해서 구체적인 내용을 담은 자료를 모으고 읽고 확인하면서 디테일을 만들어 가야 한다.**

독서량이 많고 그 분야에 대해 잘 알면 알수록 더욱 쉽게 검색할 수 있다. 영어로 된 자료를 읽을 수 있다면 더없이 좋은 일이고. 영문 검색 자료에는 인류가 만들어 낸 거의 모든 정보가 담겨 있다고 해도 지나친 말이 아니다. 그런 의미에서 글쟁이에게는 자료를 읽어 내는 능력과 비판적으로 해석하는 능력이 무엇보다 중요하다.

〈포르노 소설과 프랑스 대혁명〉도 그랬다. 프랑스 대혁명의 지적인 기원에 '포르노그래피'가 있었다는 학자들의 실증적인 연구들을 섭렵하면서 가장 극적이고 보편적인 사례를 찾아 그것으로 이야기를 시작했다. '극적이고 보편적인 사례'라는 말이 형용 모순 같지만 책을 읽어 보면 그렇지 않다는 것을 알 수 있을 것이다. 앞에서 다룬 《어느 독일인의 삶》에 대한 서평을 이야기하면서 다룬 책들도 떠올려 보길 바란다. 《예루살렘의 아이히만》뿐만 아니라 거의 모두가 그런 것들이다.

평범한 사람들과 극단적인 상황이 별 관련이 없다면 좋겠지만, 그렇지 않다.

극적이면서 보편적인 사례를 찾아내려고 노력해야 한다. 사람들의 관심을 쉽게 불러낼 뿐 아니라 강한 설득력을 가진 것이니까. 글은 일종의 경고성 메시지를 담는 그릇이다. 책에는 그런 사례들을 증명해 주는 이미지들도 많이 넣었다. 독자들이 좀 더 잘 느낄 수 있기를 바랐기 때문이다.

이쯤에서 독자는 고개를 갸우뚱할지 모른다. 그러면 작가가 줄거리를 만든 다음 그대로 써내면 된다는 것인가? 그렇게 되지 않는다. 줄거리는 '가설' 같은 것이다. 그 가설을 증명해 줄 디테일을 찾고 스토리를 만들어 나가다 보면 원래 계획했던 대로 잘 되지 않는다. 잘 만든 미스터리 스릴러도 그렇지 않은가. 스토리를 다 파악했다고 확신하는 순간 새로운 증거가 나타나 원점으로 돌아가기도 한다. 허탈하지만 어쩔 수 없다. 다시 스토리를 짜야 한다. 증거가 가리키는 방향으로.

처음 떠올린 대로 썼다면 지나치게 주관적인 스토리일 가능성이 높다. 나 역시 초보 저자 시절에 책 한 권 분량의 원고를 세 번 정도 다시 쓴 적이 있다. 글로 쓰기 전에는 자기도 자기 생각을 정확하게 알 수가 없다. 더구나 책 한 권 분량이라면 더 그렇다. 그러니 첫 번째 원고는 버리는 것이 좋다. 세 번째 정도는 되어야 쓸 만한 원고가 된다. 짧은 글을 쓸 때는 세 배 정도의 양을 써 놓고 '뺄 말'을 찾아내 줄이는 것도 효과적이다.

《책의 정신》을 세 번 썼느냐고 묻는다면, 그렇기도 하고 그렇지 않기도 하다. 책의 내용은 내가 2005년부터 강의해 온 것으로 2012년에 원고를 썼다. 아마 백 번쯤은 강의한 뒤였을 것이다. 그동안 부족한 내용을 보충하고 청중의 피드백을 통해 거친 부분은 다듬고 논증 자료를 보완했다. 디테일과 스토리가 충분히 다듬어져 있었던 것이다.

20　첫 문장을 시작하는
　　　기술

"잘 써야 해. 그런 마음이 드는 순간 갑자기 눈앞이 캄
캄해집니다. 조금 전까지만 해도 뻥 뚫려 있던 길이 갑
자기 막다른 골목이에요. 그러고 나면 한 자도 쓰지 못
하고 내내 하얀 종이만 뚫어지게 쳐다보다가 자리에서
일어납니다. 선생님은 그런 적이 없었나요? 어떻게 해
야 그 문제가 해결될까요?"

멋진 질문이었다. 첫 문장이 아주 좋지 않은가. 긴장
해서 귀를 기울이게 만들었다. 이렇게 핵심을 찌르는
강렬한 문장으로 시작하면 된다. 그러기 위해 자주 쓰
이고 효과적인 방법은 플래시백이다. 영화〈박하사탕〉
을 떠올려 보라. "나 돌아갈래"를 외치는 남자를 향해
달려오는 기차 신에서 이야기가 시작된다. 시간을 거
스르며 이야기를 풀어낸다. '도대체 왜 이런 일이 일어
난 거야?' 질문하고 그 답을 찾아 나가는 것이다.

글쓰기는 답을 찾아가는 과정이기도 하다. 모든 것

을 알고 써야 하는 것도 아니고, 그럴 필요도 없다. 스티븐 킹은 '소설을 쓰는 게 아니라 기록하는 것'이라고 했다. 무대를 만들고 갈등 관계에 있는 인물들을 등장시킨다. 그러고는 그들이 무슨 일을 벌이는지 보면서 '기록'한다는 것이다. 소설뿐만이 아니라 다른 종류의 글도 그런 방식으로 쓰는 게 좋다.

플래시백은 독자를 사건의 중심으로 데려가 풍덩 빠뜨리는 방식의 하나다. 그런 다음 왜 그런 상황에 처하게 되었는지 차근차근 '함께' 풀어 나간다. 언제나 이야기의 끝에서 앞으로 되돌아간다는 의미가 아니라는 것을 기억해 두자. 요즘 영화를 보면 '사건의 중심'에서 시작하는 경우가 많다. 관객을 끌어들이기 위해서다.

이는 오래전 구술문화 시대부터 썼던 기술이다. 그당시에는 연회에서 마치 모노드라마를 하듯이 서사시를 구연했다. 오늘날 우리가 클래식 음악이라고 하는 것들도 초기에는 귀족들의 연회에서 배경 음악으로 쓰던 것이다. 서사시 구연도 마찬가지였다. 먹고 마시고 떠드는 청중들의 관심을 끌어야 했다. 그래서 대개는 시작부터 '사건의 중심'으로 청중들을 끌어들였을 것이다. 《일리아스》도 그렇게 시작한다.

오 뮤즈여, 펠레우스의 아들 아킬레우스에 대해 노래하
게 해주소서.

그리스 수많은 곳에서 일어난 처절한 불운들은 숱한 무
적의 전사들 영혼을 불시에 어둠의 세계로 보냈다. 일
상적인 전쟁터에서는 묻히지 못한 채 버려져 개들의
먹잇감이 되고 죽거나 썩은 고기를 먹는 사나운 새^{carri-}
^{on-birds}의 먹잇감이 되었다. 그러나 제우스의 결정에 따
라 그 말 많은 전쟁, 그 비극의 첫날에도 무적의 왕 아가
멤논은 펠레우스 신을 닮은 그의 아들과 마주했다.

Of Peleus' son, Achilles, sing, O Muse,

The vengeance, deep and deadly; whence to Greece

Unnumbered ills arose; which many a soul

Of mighty warriors to the viewless shades

Untimely sent; they on the battle plain

Unburied lay, a prey to rav'ning dogs,

And carrion birds; but so had Jove decreed,

From that sad day when first in wordy war,

The mighty Agamemnon,

King of men,

Confronted stood by Peleus' godlike son.[*]

이렇게 분노와 고통을 강조하면서 이야기를 시작한다.

김애란의 《바깥은 여름》에 실린 첫 번째 작품 〈입동〉을 보면 정말 뜬금없다. "자정 너머 아내가 도배를 하자 했다." 이게 첫 문장이다.

사실 이런 문장으로 시작하는 것은 조금도 어렵지 않다. 앞에서 설명한 '글쓰기 순서'를 지키기만 한다면.[**] 메모나 낙서, 자료 수집 등을 통해 '내용'은 다 수집했고, 스케치하듯이 스토리 윤곽을 잡아 놓은 상태이니 그것을 재료 삼아 멋지게 요리하면 되니까. **첫 문**

---

[*]   호머의 저작으로 알려진 《일리아스》 영역판은 구텐베르크 프로젝트에 여러 가지 버전으로 올라와 있다. 여기에 사용한 영어판은 19세기 중반에 번역된 뒤 계속 업데이트되고 있는 판본 가운데 하나로 에드워드 경Edward, Earl of Derby이 영역한 것이다.

[**]   '(4) —— 스토리 윤곽 잡기'를 끝냈지만 멋진 첫 문장이 떠오르지 않을 수 있다. 그래도 그냥 떠오르는 대로 일단 쓰기 시작하는 것이 좋다. 글은 쓰는 것이다. 쓰면 무엇인가 나온다. '(5) —— 쓰기 시작'하라. '(7) —— 다 쓴 글을 편집'할 때 재구성하면서 멋진 첫 문장을 찾는 것도 좋은 방법이다.

장은 전체 그림의 핵심을 드러내는 질문 같은 것이고. 그런 다음 차분히 풀어 나가면 된다.

첫 문장은 전체 이야기를 머릿속에 떠올려 보고 어디서 시작할까를 결정하면 비교적 쉽게 찾을 수 있다. 《책과 혁명》은 이런 질문으로 시작한다. "역사에서 거창한 질문은 종종 감당할 수 없는 것처럼 보인다. 혁명은 무엇으로 말미암아 일어나는가? 왜 가치 체계는 바뀌는가? 여론은 사건에 어떻게 영향을 미치는가?"***

어떤 주제에 대한 연구가 중심인 글이라면 아예 질문으로 시작하는 것도 좋은 방법이다. 누구나 관심을 가질 만한 질문을 만들고 거기에서 이야기를 시작하는 것이다.

질문으로 시작하는 것은 생각보다 쉽다. 음식에 대한 것이라면 이런 식으로 해도 좋을 것이다. '저녁으로 뭘 먹을까?'라거나 '아무것도 먹고 싶지 않았어. 며칠 동안.' 연애에 관한 이야기라면 '지금 내 연애는 잘 되어 가는 걸까?' 이렇게 질문하고 답하는 형식으로 쓰

*** 로버트 단턴, 《책과 혁명》, 알마, 2014, 33쪽

면 쉽게 풀 수 있다. 그 유명한 《역사란 무엇인가》도 '역사란 무엇인가?'로 시작하고, 마이클 폴란의 《잡식동물의 딜레마》는 '저녁으로 무엇을 먹을까?'로 시작한다. 아주 쉽다.

질문은 생략하고 질문에 대한 답으로 시작하는 방법도 있다. 그 답은 저자의 생각일 수도 있고 소설이라면 주인공이나 배경에서 작동하는 그 시대의 상식 같은 것일 수도 있다. 멋진 사례가 하나 있다. 영문학 연구자라면 알 만한 제인 오스틴의 《오만과 편견》 첫 문장이다. "재산깨나 있는 독신 남자에게 아내가 꼭 필요하다는 것은 누구나 인정하는 진리다." 독자를 웃게 만드는 아이러니한 문장이다. 딸 다섯을 가진 엄마가 이웃에 이사 오는 '재산깨나 있는 독신 남자'에게 접근하여 딸 하나를 그 남자에게 시집보내고 싶은 마음을 드러낸 것이다. 이어지는 문장은 이렇다. "이런 남자가 이웃이 되면 그 사람의 감정이나 생각을 거의 모른다고 해도, 이 진리가 동네 사람들의 마음속에 너무나 확고하게 자리 잡고 있어서, 그를 자기네 딸들 가운데 하나가

차지해야 할 재산으로 여기게 마련이다."[*]

　이런 문장은 다음 질문이나 다를 바 없다. '이웃집에 부자인 독신 남자가 이사 왔는데 나에게는 결혼 적령기의 딸이 다섯이나 있어요. 그 남자에게 내 딸들을 소개시키고 싶은 마음이 드는데 다들 그렇지 않겠어요?' 이건 너무 재미없지 않은가. 그래서 좀 과장한 것이다. 다들 그렇게 생각한다는데 조금 과장해서 '진리'라고 표현하면 어떤가. 첫 문장을 쓸 때는 조금 과장하라. 아이러니한 과장법이면 더 좋을 것이고.

---

[*]　　제인 오스틴, 《오만과 편견》, 민음사, 2003, 9쪽

21   참신함보다
         진부함이 좋을 때가 있다

과장하지 않고 있는 그대로 담담하게 쓰면 안 될까? 물론 그런 식으로 독자의 관심을 끌 수 있다면 더없이 좋은 일이다. '있는 그대로'라는 게 가능할지는 모르겠지만. 예를 들면 로알드 달의 단편소설집《맛》을 펼쳐 보면 아주 담담하게 이야기를 시작한다. 이런 식이다.

> 보기스 씨는 차창을 열고 창턱에 팔꿈치를 기댄 편안한 자세로 천천히 차를 몰고 있었다. 시골은 얼마나 아름다운가. 여름이 다가오는 조짐과 다시 만나게 되니 얼마나 반가운가.
>
> ─로알드 달, 〈목사의 기쁨〉,《맛》, 강, 2005, 9쪽

하지만 이런 담담함은 곧바로 이어질 반전의 효과를 극대화하기 위해서다. 조금만 읽어 보면 놀랍고 기막힌 반전이 담긴 블랙코미디가 펼쳐진다. 이런 경우에

떠오르는 경구가 있다.

'충격적인 이야기는 담담하게, 담담한 이야기는 충격적인 방법을 사용하라.'

기억해 둘 만한 말이다. 이 말에 잘 어울리는 유명한 작품을 하나 고르라면, 셜리 잭슨의 《제비뽑기》를 꼽고 싶다. 처음부터 거의 끝날 때까지 너무나 담담해서 하품이 나올 지경이다. 이야기가 끝나고 나면 뒤통수를 망치로 한 대 얻어맞은 듯한 충격을 느낀다. 기회가 되면 셜리 잭슨의 작품을 읽어 보길 권한다.

내가 쓴 책 《오늘은 좀 매울지도 몰라》에 대해서도 그렇게 평가하는 분들이 많았다. '담담하게 썼기 때문에 더 슬펐던 것 같아요.' 처음 그런 평가를 받고 조금 놀랐다. 그 글만큼 풀려나오는 대로 쓴 적이 없었기 때문이다. 끝이 없어 보이는 슬픔 속에서 가끔 반짝이는 기쁨을 잡아 두고, 늘리고 싶었을 뿐이다. 책으로 낼 생각도 없었다. 당연히 의도한 것도 아니었고. 내용이 형식을 규정한다. 적절한 '글쓰기 전략'이 체화되어 있었던 모양이다. 외부 반응에 대해 자연스러운 몸동작이 나오는 것처럼. 거기에도 '자연스러운 과장법'이 여기저기 툭툭 불거져 있다. 워낙 무심하게 사용하는 것이어서 잘 느끼지 못하지만. 이런 구절이 있다.

> 부엌에 들어서면 언제나 천길 벼랑이 앞을 가로막았다.
> 머릿속은 하얘지고.
> ─강창래, 《오늘은 좀 매울지도 몰라》, 루페, 2018

무슨 말을 하고 싶은지는 알겠지만 말 그대로만 보면 심한 과장법이다. 천길 벼랑이나 하얘지는 머릿속을 본 적은 없다. 그렇지만 그냥 '아무 생각이 나지 않았다'거나 '어떻게 해야 좋을지 몰랐다'는 표현보다 감정을 전달하는 데 도움이 될 뿐 아니라 심상하지 않고 극적인 효과를 만들어 낸다. 그렇다고 극적인 효과를 조장하려는 의도가 있었던 것은 아니다. 그 상황에 몰입되어 익숙한 표현이 자연스럽게 흘러나온 것일 뿐이다. 독자가 쉽게 공감했다면 그런 과장법이 오히려 더 자연스럽게 받아들여진 것이다. 그럴 때 글은 쓰는 사람의 마음을 잘 전달한다.

진부한 표현의 장점을 기억해 두면 좋겠다. 진부한 표

현이 무조건 나쁘다는 편견도 버리면 좋겠다. 진부해야 할 것은 진부해야 적시에 제 역할을 할 수 있다. 글을 쓰거나 읽을 때 의식의 흐름은 무척 중요하다. 자연스럽고 부드러운 리듬이 깨지지 않도록 조심해야 한다. 가끔 참신함을 위해 부자연스러운 표현을 쓰기도 한다. '참신함'을 넘어 '기괴함'을 느끼기도 한다. 그렇게 부자연스러운 표현이 꼭 좋기만 할까.

그런 의미에서 대단히 과장되고 진부한 표현들로 똘똘 뭉친, 그러면서도 깊이 공감되고 재미있는 시 한 편을 소개하고 싶다. 조재훈이 쓴 〈개 같은 내 인생〉인데, 검색하면 전문을 찾을 수 있다. 일단 찾아서 읽어 보길 권한다. 나는 《조재훈 문학 선집 2》에서 보았다.

이 시를 읽어 보면 일상적으로 쓰이는 진부한 말들이 상당히 과장되어 있음을 알 수 있다. 그게 '보통의 경우'이다. 그 진부하고 과장된 표현이 독자들의 경험을 쉽게 떠오르게 하며 감정을 불러낸다.

기억해 두면 좋겠다. 과장법은 일상의 언어에 깊이 배어 있다. 과장이라는 생각도 없이 과장한다. 그래서 적당한 과장법을 사용하면 감정이 잘 전달될 뿐 아니라 리드미컬하게 읽힌다. 가장 잘 드러난 형식이 유행가 가사일 것이다. 이런 이유로 참신한 비유만을 고집할 필요는 없다. 참신한 비유가 '천길 벼랑처럼 생각을 가로막고 머릿속을 하얗게 만들었다'는 독후감을 듣게 될지도 모른다. 지나치게 참신하면 의미 전달이 잘 안 되기 때문이다. 여기에서도 다시 한번 더 강조하고 싶다. **가장 효과적인 것은 극적이면서 보편적인 것이다.**

22 전략적으로
재구성하라

앞에서 설명했듯이 우리는 과장된 어법을 일상적으로 쓴다. 굳이 말이나 글로 '표현된 것'은 모두 어느 정도는 과장되어 있다. 내가 강독하는 인문학책 가운데 하나가 《서양미술사》이다. 이 책은 뛰어난 통찰력과 글솜씨 덕분에 수십 년 동안 읽혔고, 앞으로도 꽤 오랫동안 더 읽힐 것이다. 이 책의 서문 역시 잘 쓴 글로 유명한데 이렇게 시작한다. "예술 같은 것은 없다. 예술가들만 있을 뿐. There really is no such things as Art. There are only artists."

깜짝 놀랄 문장이 아닌가? 이 책의 원제목이 《예술 이야기The Story Of Art》인 것을 생각하면, 첫 문장이 과장법과 아이러니를 극대화한 문장이라는 걸 느낄 수 있다. 예술가들이 이전 시대의 예술을 부정하고 새로운 것을 만들었기에 형성되어 온 미술사의 특성을 잘 드러낸 말인 것 같다. 미술 이론서 가운데 잘 알려진 책의 제목도 그런 게 있다. 《이것은 미술이 아니다》(원제목은 다르지만 한국어판 제목이 적절하다)인데, 그 책의 내용은 18세기 이전의 미술은 미술이 아니라고 규정하면서 그 이유를 설명한다. 그러면서 현대미술을 다룬다. 앞부분의 글들은 마치 아포리즘 같다.

가장 멋진 아포리즘은 매트 리들리의 《본성과 양육》의 첫 문장이다. 이렇게 시작한다. "유사성은 차이의 그림자다." 칼 세이건의 《코스모스》 첫 문장은 이렇다. "코스모스는 과거와 현재와 미래에 존재하는 모든 것이다." 정말 놀랍고 멋지지 않은가. 《생각의 탄생》의 시작 부분도 함께 보자. "누구나 생각한다. 그렇지만 누구나 똑같이 '잘' 생각하는 것은 아니다." 이런 어법은 아주 다양하게 변주할 수 있으니 기억해 두도록 하자. 예를 들어 이 책도 비슷하게 시작할 수 있을 것이다. '누구나 글을 쓴다. 그렇지만 누구나 잘 쓰는 것은 아니다.'

롤랑 바르트의 《밝은 방》 시작 부분을 보자. "아주 오래전 어느 날 우연히 나폴레옹의 막내 동생 제롬의 사진을 보면서 생각했다. '나는 황제를 보았던 그 눈을 보고 있어.' 사진을 보며 놀랐던 기억이 지금도 생생하다." 이처럼 어떤 장면을 보여 주면서 시작하는 것도 괜찮은 방식이다. '장면'을 보여 주는 방법으로 좋았던 책은 후쿠오카 신이치가 쓴 《동적평형》이었다. 이 책은 유전자를 조작하는 분자생물학에 대한 이야기이다. 다음과 같은 장면으로 시작한다.

F박사는 생각했다.

붉은 장미를 달개비처럼 선명한 파란색으로 바꾸고 싶다.

(중략)

박사는 이런 작업을 하나하나 끈기 있게 진행해 나갔다. 파란 장미를 만들기 위한 유전자를 이식하고 장미에 불필요한 유전자를 제거했다. 몇 년 후, F박사는 드디어 사랑스러운 장미를 피워내는 데 성공했다.

선명한 파란색으로 빛나는 꽃을.

하지만 박사는 깨닫지 못했다. 그 꽃은 어느 모로 보나 바로 달개비 그 자체였다는 사실을.

— 후쿠오카 신이치, 《동적평형》, 은행나무, 2010, 4~5쪽

어떤가? 소름이 돋지 않는가. 이런 '장면'으로 책을 시

작하는 것은 저자가 가진 자료들을 모두 검토하고 전략적으로 판단한 결과일 것이다. 이런 문장들이 인상 깊은 것은 '극적'이기 때문이고, 공감하여 받아들이게 되는 이유는 '보편적'이기 때문이다.

마지막으로 꼭 짚어 두고 싶은 게 있다. 내가 이 글을 쓰기 위해 서재를 많이 뒤져야 했다는 사실이다. 서재에는 책이 1만 5,000권쯤 있다. 그걸 다 꺼내 보지는 못했지만 유명하다는 책, 내가 좋아하는 책, 베스트셀러들을 주로 챙겨 보았다. 그렇지만 여기에 소개할 만큼 멋지게 쓴 첫 문장을 찾기는 쉽지 않았다. 말하자면 대개는 덤덤하게 썼다는 것이다. 그런 의미에서 좋은 첫 문장을 쓰자는 욕심보다는 어떤 주제에 몰입해서 편안한 마음으로 풀어내는 것이 가장 좋은 방법일지도 모른다.

　다만 **쓴 것을 그대로 내놓지 말고 전략적으로 재구성하는 단계를 거쳐야 한다**는 것을 잊지 말았으면 좋겠다. 현대의 저자는 과거의 저자와 입장이 아주 다르다. 이미 어마어마하게 많은 책 가운데 한 권을 보태고 있을 뿐 아니라 어마어마하게 많이 쏟아져 나오고 있는 텍스트 가운데 하나이다. 쓰긴 하지만 아무도 읽지 않을 가능성이 크다. '전략적인 편집'이라는 단계를 생략하고는 독자들에게 어필하기 어려울 수밖에 없다.

그렇지만 이런 아포리즘을 만들어 내겠다고 너무 욕심부리지는 말자. 몰입하고 있을 때 자연스럽게 튀어나오지 않으면 그냥 편안하게 풀어 나가는 게 좋다. 아포리즘이 없어도 글의 전체 내용이 좋으면 좋은 것이다. 우리는 인터넷 시대에 살고 있다. '좋은 것'은 입소문으로도 퍼진다. 멋진 광고 카피가 그 물건의 가치를 보장하는 것은 아니지 않은가.

23 플롯은
꼬리에 꼬리를 무는 궁금증

픽션을 쓰든 논픽션을 쓰든 플롯에 대해 알아 둘 필요가 있다. 플롯은 스토리의 구조 또는 구성이라는 뜻이지만 실제로는 '재구성'이다. 논픽션이라 해도 질문하고 답을 찾는 과정은 '스토리'에 의존한다. 스토리는 인과관계의 흐름이다. 그러니까 어떤 내용을 잘 전달하고 싶다면 질문으로 시작하는 것이 좋다. 질문은 언제나 스릴과 서스펜스를 불러낸다. 강하든 약하든.

여기에서 '질문'을 글자 그대로 받아들이지 말기를 바란다. 예를 들면 많은 작품이 '사건의 중심'에서 시작한다. 주인공으로 보이는 사람이 어디론가 서둘러 가고 있다거나, 전투 장면이라거나, 살해 장면, 주검이 발견되는 장면 같은 것이다. 이런 것들이 질문으로 시작하는 방식이다. 어디로 가는 거지? 무슨 전투가 저렇게 격렬하지? 지금 누가 누구를 죽이는 거지? 이런 곳에 왜 저런 주검이 떠내려온 거지? 이처럼 청중들의 머릿속에 저절로 '질문'이 떠오르게 만드는 것이다. 그래야 그 질문에 답하는 뒷이야기에 관심을 가질 것이기 때문이다.

이런 플롯의 힘을 아주 잘 보여 주는 유명한 예가 있다. 〈숨이 막힌 도베르만 *The Choking Doberman*〉이라는 짧은 이야기다. 이 유명한 스토리는 1981년 미국에서 시작된 '도시 괴담'이다. 이것은 한 사람이 만든 이야기가 아니다. 입에서 입으로 전해지면서 세련되게 다듬어진 것이다. 그 가운데 하나다.

그 여자가 외출해서 돌아왔을 때 도베르만이 그녀를 맞이해 주었다. 목이 막힌 듯 끅끅거렸다. 깜짝 놀라 수의사에게 데려다주었다. 수의사는 기관지 부분을 절제해 보아야 한다며 일단 돌아가라고 했다. 그녀가 집에 도착할 때쯤 전화가 왔다. 수의사는 다급하게 소리를 질렀다.

"집에서 나와 잠깐만 기다리세요. 금방 가서 설명할게요."

집 밖에서 기다리고 있는데 경찰이 몰려와 집 안을 수색하기 시작했다. 오래지 않아 피를 많이 흘려 몸을 잘 가누지 못하는 한 남자를 데리고 나왔다. 경찰은 그 남자가 벽장 안에 숨어 있더라고 했다. 그제야 수의사가 도착해서 설명해 주었다.

"도베르만의 목에서 사람 손가락 세 개가 나왔어요. 집 안에 도둑이 들었던 거죠. 그래서 경찰에 연락하고 집에 들어가지 말라고 한 겁니다."

이 스토리에서 끊임없이 긴장감을 느끼는 이유는 꼬리에 꼬리를 물고 되풀이되는 질문 때문이다. 시작부터 그렇다. 도베르만 목에 뭐가 걸린 거지? 왜 집에 들어가지 말라는 거지? 왜 경찰이 출동한 거지? 이런 질문에 대한 답은 마지막에 한꺼번에 해결되면서 독자는 '사건의 전말'을 알게 된다. 이 이야기를 시간 순서대로 쓰면 이렇게 된다.

한 여자가 외출했다. 그사이에 도둑이 들었다. 도베르만이 도둑을 물었다. 손가락이 잘린 도둑은 벽장에 숨었다. 그때 여자가 집에 돌아왔고 도베르만은 주인을 맞았다. 여자는 도베르만 목에 뭔가 걸려 있다는 것을 알고 수의사에게 데려다주고 집으로 돌아왔다. 수의사는 도베르만의 목에서 손가락 세 개를 발견하고 충격을 받았다. 침입자가 있었다고 판단한 그 수의사는 경찰에 신고하고, 그 여자에게 전화했다. 연락받은 경찰은 출동해서 그 여자의 집을 수색해 침입자를 찾아냈다. 아무것도 모르고 기다리던 여자는 곧이어 도착한 수의사에게 어떻게 된 일인지 들었다.

이렇게 이야기하면 긴장감이 사라진다. 그렇지만 앞의 경우처럼 여자의 관점에서 사건을 '재구성'하면 달라진다. 플롯은 이처럼 '어떻게 재구성'할 것인가에 대한 고민의 결과다. 플롯에 대한 아이디어는 매우 중요하다. 사람들이 내 이야기를 얼마나 재미있게, 끝까지 읽어 줄 것인가, 아닌가를 결정하게 만든다. 그런 의미에서 플롯은 스토리를 끌고 가는 힘이다. 좋은 플롯은 읽기를 그만둘 수 없게 만드는 마력을 가진다.

그렇다고 해도 '읽게 만드는 힘'만으로는 좋은 글이 되기 어렵다. 심연 구조를 만들어야 한다. 이번에는 슈퍼 베스트셀러 작가인 말콤 글래드웰이 쓴 《다윗과 골리앗》을 예로 들어 보자.

머리말의 제목은 '다윗은 골리앗을 어떻게 이겼을까?'이고, 이어지는 글은 "네가 나를 개로 여기고 막대기들을 들고 내게로 나아오는 것이냐?"로 시작한다. 수수께끼 같은 질문이다. 그러고는 '세상에서 가장 유명한 전투'의 배경을 묘사하면서 독자를 끌어들인다. 마치 영화의 인트로 같다. 스스로 던진 질문에 대답하고, 대답하는 과정에서 다시 질문한다. 되풀이되는 질문을 통해 조금씩 더 깊이 빠져들게 만든다.

'다윗과 골리앗' 이야기를 모르는 사람은 없다. 그럼에도 불구하고 다시 이야기해야 한다면 우리가 '잘못 알고 있는 부분' 때문일 것이다. 저자는 사람들이 그동안 대충 알고 있던 이야기를 자세히 정리하고 나서 '그동안 알고 있던 것들은 모두 틀렸다'고 못을 박는다. 충격을 주고 다시 질문하게 만드는 것이다. '그렇다면 옳은 설명은 뭐지?' 독자에게 다시 질문이 떠오를 것이다. 이어지는 내용은 당연히 저자가 생각하는 '옳은 설명'이다. 이처럼 논픽션은 대개 어떤 고정관념이 옳은가에 대해 질문하고, 틀렸다고 논증하는 경우가 많다.

《다윗과 골리앗》 역시 거인과 양치기 소년의 대결이라는 고정관념에 따르면 다윗에게 불리한 싸움으로 보이겠지만 결코 그렇지 않았다는 것이다. 저자는 다윗이 불리하지 않았던 이유를 자세히 설명한 다음 한 역사학자의 말을 빌려 이렇게 결론 내린다. "칼로 무장한 청동기 시대의 전사인 골리앗이 45구경 자동 권총을 가진 다윗을 이길 가능성은 거의 없었다."*

놀랍지 않은가? 그런데 거기에서 끝나지 않는다. 한 걸음 더 나아가 전투가 벌어졌을 때 거인의 근본적인 약점이 무엇인지 설명한다. 이 부분이 바로 플롯에서 이야기하는 '심연 구조의 획득'이다. 말을 바꾸면 감동적인 통찰력을 느낄 수 있는 '이야기 구조' 정도가 될 수 있을 것이다. 저자의 가치관이나 철학이 그 구조에 담기는 것이다. 《다윗과 골리앗》의 마지막 장에서도 그런 감동을 느낄 수 있다.

아무리 강한 권력을 가진 골리앗이라고 해도 절대로 다윗을 마음대로 통제할 수 없었던 역사적 사실을 들려준다. 골리앗 같은 권력자에게 가장 무서운 적은 현실적인 계산 없이 그저 신념에 따라 행동하는 사람이다. 인류 역사를 보면 늘 다윗과 골리앗의 싸움이었던

---

* 말콤 글래드웰, 《다윗과 골리앗》, 21세기북스, 2014

것 아닐까? 달걀로 바위 깨기였는데, 늘 바위가 깨진 이유가 이것이었구나. 그런 생각을 하면서 책을 덮게 된다.

플롯을 간단하게 정리하자면, **사건의 중심에 독자를 데려다 놓고 중요한 질문을 통해 스릴과 서스펜스를 불러일으키는 것**이다. 그런 긴장을 심화시키면서 클라이맥스에 이르게 하는 것이 '좋은 플롯'이다. 픽션이든 논픽션이든. 클라이맥스에 이르게 하는 심연 구조의 획득은 작가의 역량과 관련된다. 그렇게 보면 글 쓰는 힘은 고정관념을 깨뜨리는 질문을 통해 충격을 주고, 최대의 긴장을 느끼게 하는 심연 구조를 획득하는 능력이라고 말할 수 있을 것이다.

플롯에 대해 좀 더 깊이 공부하고 싶은 독자라면《인간의 마음을 사로잡는 스무 가지 플롯》을 권한다. 출간된 지 20년이 넘었지만 지금도 상당한 판매량을 유지하고 있다. 이 분야의 필독서로 자리 잡았다는 뜻이다. 픽션과 논픽션을 넘나든 경력을 가진 저자의 통찰력역시 깊이 새길 만하다.

3부

고치기

글의 완성도를 결정하는 것은 글쓰기가 아니라
글 고치기이다.

24 글쓰기가 아니라 글 고치기

글쟁이들에게는 그다지 새로울 것이 없는 내용이겠지만, 작가들을 인터뷰한 기사에 빠지지 않는 질문이 있다. 얼마나 많이 고치느냐는 것이다. 구역질이 날 때까지 고친다. 한 번 너 보면 죽겠다는 생각이 치밀어 오르면 그만둔다. 사실 그렇게 끝나는 것도 아니다. 완성된 원고라고 해도 출간되기까지 꽤 시간이 걸린다. 그 사이에 슬그머니 다시 그 글들이 떠오른다. 그저 훑어만 보자고 시작하지만 끝도 없이 고치고 있다. 《내 이름은 빨강》의 작가인 오르한 파묵은 소설이 마무리될 때쯤 멈추고 앞 장들을 대폭 수정한다고 말했다. 결말을 알고 나면 정리할 게 무엇인지 분명해져서 그럴 것이다. 밀란 쿤데라 역시 《농담》을 6장으로 완성해 두었는데, 다른 작품을 쓰고 난 뒤 《농담》에 장을 하나 추가하면 완벽해지겠다는 생각이 들어 총 7장으로 완성했다고 한다. 세계적인 천재 가운데 한 사람으로 꼽히는 움베르토 에코 역시 열 번이나 스무 번 고쳐 쓴다. 레이먼드 카버는 작품을 서너 번쯤 쓰면 이야기 윤곽이 잡힌다고 한다. 시는 수십 번에서 수백 번도 고친다.

좋은 편집자가 책을 만들 때도 비슷한 과정을 거친다. 수없이 읽으면서 교정하고 교열한다(또는 저자에게 제안한다). 이제 목에 칼이 들어와도 못 보겠다고 느끼면 그제야 끝낸다. 좋은 출판사의 편집자는 그렇게 일한다. 정도의 차이는 있지만. 고치고 고치고 또 고치다 보면 데드라인이 찾아온다. 글은 고치기 고개를 수없이 넘은 뒤에야 책이 되는 것이다.

오히려 초보 저자들이 그랬다는 이야기는 자주 듣지 못한다. 끊임없이 고쳐야 하는 걸 창피한 과정으로 생각해서 그런지도 모른다. 그럴 필요 없다. 그건 아주 오래전 로맨티시즘 시대의 유물 같은 것이기 때문이다. 《작가란 무엇인가》를 읽어 보라. 작가들은 아무렇지도 않게 '수없이 고쳤다'고 털어놓는다. 서너 번 고친 것은 그다지 고치지 않은 축에 든다.

어쩌면 초보 저자들은 무엇을 어떻게 고쳐야 할지 몰라서 고치지 않는 것인지도 모른다. 나만 해도 글을 넘겨주는 날이 늘 우울하다. 이제 다 괜찮을 거야, 마무리해야지, 언제까지 이 글만 쓰고 있을 수도 없잖아. 그렇게 수없이 위로하고서야 원고를 보낸다. 그러면서도 다시 원고를 읽어 보는 실수를 하지 않으려고 무척 조심한다. 다시 읽으면 또다시 눈에 띄는 흠을 고치느라 다른 스케줄은 엉망이 된다.

스스로 고치기 어려운 초보자들에게는 같은 주제의 글을 세 번쯤 써 보라고 권한다. 글을 끝내고 나서 완전히 다시 쓰기를 세 번 반복하라는 것이다. 처음 쓸 때와 비슷한 과정을 전부 다 거치면서. 다만 이야기 순서와 스타일, 초점을 조금씩 바꿔 보라. 엄청나게 다른 이야기가 숨어 있었다는 것을 알게 될 것이다. 어떻게 변화를 주는 게 좋을지 모르겠다면 독서하기를 권한다. 앞에서 말했듯이 쓰다가 막히면 자료 조사, 독서가 최고다. 그리고 나서 한 번 더 되풀이하는 것이다. 세 번째 글은 꽤 좋을 것이다. 썩 마음에 들지 않으면 한 번 더 해 보는 것도 좋다. 이런 과정을 되풀이하다 보면 언젠가 한 번에 마음에 드는 글을 쓰는 날이 온다. 아, 물론 그런 날은 영원히 오지 않을지도 모른다.

특히 문장 고치는 기술은 따로 깊이 공부해야 한다. 기계적으로 외워서는 절대 안 된다. 원칙은 언제나 알고 나서 잊어야 한다. 깊이 깨달아야 한다. 예를 들어, 가능하면 '의'를 쓰지 않는 것이 좋다는 원칙이 있다. '우리의 문제'는 '우리 문제'라고 쓰는 것이 깔끔하다. 대개는 그렇다. 그렇지만 문장의 리듬을 살리기 위해 '의'를 쓰는 것이 좋을 때도 있다.

다음과 같은 문장은 '의' 때문에 조금 어색하지만 순전히 '의'의 문제는 아니다.

A. 우리의 화해는 시비를 가린 다음의 일이다.

B. 우리 화해는 시비를 가린 다음 일이다.

'의'를 빼면 깔끔해 보이지만 어쩐지 어색하다. 어깨에 힘이 너무 많이 들어간 느낌이다. 너무 긴장해서 어색해 보인달까. 이 문장에서 그런 느낌을 받는 것은 '의' 때문이라기보다 서술어를 명사구로 만들어 썼기 때문이다. 다음과 같이 고칠 수 있다.

C. 우리는 시비를 가린 다음에 화해할 것이다.

이처럼 서술어는 서술어로 쓰는 것이 좋다. 그러나 언제나 그런 것은 아니다. 글의 맥락으로 볼 때 긴장감이 필요하다면 서술어를 명사구로 묶는 것이 나을 때도 많다. 다음과 같은 문장이 그렇다.

A. 무슨 문제든 독서에서 해결의 실마리를 찾을 수 있다.
B. 무슨 문제든 독서를 하면 해결할 수 있는 실마리를 찾을 수 있다.

풀어 쓰면 이렇게 느슨한 느낌의 문장이 된다.

'의'의 사용이 가져오는 가장 중요한 효과는 '애매모호함의 집약'인 것 같다. 예를 들어 '글쓰기의 정신'이라는 말이 있다고 하자. 글을 쓰면 알게 되는 정신일 수도 있고, 글을 쓰기 위해 가져야 할 정신일 수도 있다. 또는 글 속에 담기는 정신일지도 모른다. 거의 모든 설명이 다 가능하다. 그런 의미에서 '글쓰기의 정신'이라는 말은 글쓰기에 대한 모든 것이기도 하고 글쓰기에 대해 아무것도 말하지 않는 것이기도 하다. 애매모호한 것이 가장 함축적이다. 언어는 '분명한 어떤 것'이 담기는 그릇이 아니다. 어쩌면 그릇조차 아닐지 모른다. 끊임없이 얼굴을 바꾸며 말하고 있는 마법의 도구일 수도 있다. 그런 힘은 어려운 상징이거나 비밀스러울 때 가장 강하다. 한 번도 열리지 않은 상자가 이 세상에서 가장 신비로운 것이다. 그런 신비로움을 창조한 작품이라면 독자에게 백지 위임장을 넘겨주는 것과 다를 바 없다.

아주 간단해 보이는 '의'의 문제도 기계적으로 외우면 안 된다. 원칙은 암기의 대상이 아니라 깨달음과 망각의 대상이어야 한다.

나의 책 가운데 유일하게 한 번 쓴 원고가 있다.《오늘은 좀 매울지도 몰라》가 그랬다. 글을 고쳐 보려고 무척 노력했지만 눈물이 앞을 가려 다시 읽어 내지 못했다. 이런 상황을 눈치챈 편집자는 그것으로 충분하다고 했다. 처음 쓴 글 거의 그대로 책이 되었는데 뜻밖에도 '글이 좋다'는 평가를 받았다. 그 말을 듣고 무척 당혹스러웠다. 뭐라고 대답해야 좋을지 도무지 감을 잡을 수 없었다. 적게 고친 원고가 좋을 리 없다.

어쩌면 초보자 시절의 혹독한 훈련 덕분이었는지 모

른다. 글 한 편을 내놓기 위해 적어도 네댓 편 분량을 썼다. 그 당시에는 힘들다거나 훈련한다는 생각도 없었다. 글이 마음에 들 때까지 다시 쓰고 고치기를 되풀이했을 뿐이다. 언제나 지난한 싸움이었다. 그래서 데드라인이 정해진 원고를 쓰는 게 좋았다.

아, 마지막으로 덧붙이고 싶은 말이 있다. 다 써 놓은 글을 반으로 줄이면 좋은 글이 된다고들 한다. 반이든 3분의 2든 비슷한 말이다. 좀 더 정확하게는 '없어도 되는 말'을 철저히 찾아내 지우라는 것이다. 이것 역시 아주 중요한 글 고치는 기술이다. 이후 자세히 다룰 것이다.

25 밤에 쓴 편지는
퇴고한 다음에 부쳐라

지금까지 설명한 글쓰기 과정을 요약하면 이렇다. 자료를 수집, 검토하고 충분히 준비되면 줄거리를 만들고 쓰기 시작한다. 쓰다 보면 이야기 흐름이 바뀌기도 한다. 이때는 새로운 자료를 더 조사하고 참고해야 한다. 이 책을 쓰면서도 그랬다. 줄거리를 짜고 시작하지만 쓰다 보면 조금씩 방향이 달라진다. 그럴 때는 다시 자료를 뒤지고 확인한다. 다 쓰고 나서는 편집한다. '재구성'하는 것이다. 편집하는 동안에도 흐름이 바뀌면 내용을 보완하거나 고쳐 써야 한다.

초고를 완성했다면 잠깐 잊어버리는 것이 좋다. 나는 산책을 하거나 '다른 책'을 본다. 아주 다른 분야의 영화를 보기도 한다. 그렇게 '상당히' 잊은 뒤에 글을 고치기 시작한다.

왜 잊어야 할까? 어떤 글이든 어느 정도는 '밤에 쓴 편지'와 같기 때문이다. 밤에 쓴 편지는 보내지 말라는 말이 있다. 자기감정에 몰입되어 쓴 글이라 읽는 사람의 입장을 충분히 고려하지 못했을 가능성이 크기 때문이다.

몰입해서 쓰다 보면 다 쓴 뒤에도 그 감정의 잔재가 남아 있을 수밖에 없다. 생각이 말로 번역될 때 쓰인 낱말 하나하나에 감정이 붙어 있는 것처럼 느낀다. 착각이다. 글은 차가운 기호일 뿐이니까. 시간이 흐르면 말라 버리는 물기 같은 것이다.

몰입했을 때는 상당히 주관적인 언어를 사용한다. 잘 훈련된 사람이라고 해도 어느 정도는 그럴 수밖에 없다. 그런 의미에서 **초고는 독자에게 잘 전달되기 어려운 주관적 언어로 이루어진 것이다.**

그 주관의 물기가 마를 때쯤 다시 읽어 보면 고쳐야 할 것들이 보인다. 갓 쓴 뒤에는 잘 보이지 않던 것들이 보이는 것이다. 그런 과정을 적어도 다섯 번 정도 거치기를 권한다. 그러기 위해 다섯 개의 서랍을 준비한다. 초고는 맨 아래 서랍에 넣어 둔다. 가장 주관적인 글이다. 주관의 물기가 마를 때쯤 그 서랍을 열고 글을 꺼내 읽으며 고친다. 서랍을 바꿔도 좋을 만큼 고쳤다면 그 위로 옮긴다. 그렇게 맨 위 서랍까지 옮기는 것이다.

처음에는 이런 과정이 시간도 오래 걸리고 힘들 수 있다. 그러나 잘 훈련되고 나면 무척 빨라진다. 짧은 글은 한 시간 반 정도면 내놓을 만하게 쓸 수 있게 된다. 객관화하는 시간이 줄어드는 것이다.

지금 이 꼭지도 쓴 시간은 40~50분 정도일 것이고, 다시 20~30분 정도 글을 고쳤을 것이다. 초고가 마음에 든다고 해도 서너 번은 더 읽어 보고 그때마다 많이 고친다.

독자들은 '주로 어떤 것을 고치는지' 궁금해할 것이다. 글이 시원스레 잘 안 읽히는 경우는 대개 두 가지 이유 때문이다. 따지고 보면 비슷한 의미를 담은 말을 되풀이한다거나 논리가 엉켜 있을 때. 그리고 글의 리듬을 해치는 부분이 있을 때. 멋진 말이라 해도 리듬을 해치면 지우거나 바꿔야 한다. 긴장감을 떨어뜨리기 때문이다. 꼭 필요한 설명이나 묘사가 빠졌다면 써넣기도 한다. 문장 구조를 따져 보고 좀 더 적절한 낱말로 바꾸기도 한다.

이제 그런 기술적인 내용을 다뤄 보자.

26 　중언부언
　　　본능

우리는 말로 생각한다. 말은 휘발성이 강하기 때문에
이어서 생각하는 것이 쉽지 않다. 자연히 중언부언하
게 된다. 글은 말을 번역한 것이라 초고에서 중언부언
하지 않는 경우는 드물다. 다음은 말의 그런 특성이 잘
드러난 문장들이다. 고친 것을 보기 전에 스스로 중복
된 부분을 빼고 문장을 다듬어 보기 바란다.

    A. 지난날을 돌이켜 회상해 보세요. 매주 일요일마다
       만나기로 했잖아요. 제가 싫다고 그렇게 대놓고 겉
       으로 표현하면 어떡합니까. 그때 당시에는 모두가
       힘들었잖아요. 할 수 없군요. 우선 투표를 먼저 하겠
       습니다. 과반수가 넘으면 통과됩니다.

같은 뜻의 낱말이 두 번 사용되었으니 하나씩 빼면 이
렇다.

B. 지난날을 돌이켜 보세요. 일요일마다 만나기로 했잖
  아요. 제가 싫다고 그렇게 대놓고 표현하면 어떡합
  니까. 그때는 모두가 힘들었잖아요. 할 수 없군요. 우
  선 투표를 하겠습니다. 과반수면 통과됩니다.

여기에서 꼭 짚어 두고 싶은 것이 있다. 중복이 무조건
나쁜 것은 아니다. 연설문이나 선동을 위한 글에서는
의미 중복이 필요할 때가 많다. 되풀이해서 말해야 '강
조'되어 청중들에게 잘 전달될 것이기 때문이다.

  예를 들어 '역전에서 만납시다'라고 말하는 것보다
'역전 앞에서 만납시다'라고 하는 것이, '이미 가지고
있던 생각을 바꾸어야 합니다'라고 하는 것보다 '이미
가지고 있던 기존 생각을 바꾸어야 합니다'라고 하는
것이 더 잘 전달될 것이다.

  아주 어렵고 추상적인 학술 논문에서도 그럴 수 있
다. 중언부언함으로써 저자의 의도를 좀 더 확실하게
전달할 수 있다. 이럴 때는 중복이 강조의 역할을 하는
것이다.

다음의 경우는 어떤 학생이 쓴 리포트에서 고른 문장

이다. 어떻게 고치면 좋을까?

> A. 서점 안은 침묵만 공유하고 책장 넘기는 소리만 공존한다.

가장 문제가 된 한자말을 고친다면 아래와 같다.

> B. 서점 안에서는 책장 넘기는 소리만 있다.

하지만 이건 조금 '잘못' 고친 문장이다. 주어가 없는 문장이라 내용이 둥둥 뜨는 것이다. 이렇게 써야 주어가 드러난다.

> C. 서점 안에서는 책장 넘기는 소리만 들렸다.

글을 쓸 때 중요한 문제 가운데 하나가 '입장'을 정하는 것이다. 그래야 기준점이 생기고 이야기의 흐름이 잡힌다. 가능하면 '~것 같다'를 쓰지 말라고 하는 것도 이와 같은 맥락이다.

27   찰스 다윈이
   그런 '것 같아요'

글을 쓰다 보면 '것 같다'라고 쓰게 될 때가 있다. '이다'라고 쓰면 단정적으로 느껴지는데 그게 부담스러운 것이다. 쓸 때는 마음 내키는 대로 쓰기를 권한다. 나 역시 처음에는 그때그때 마음 가는 대로 쓴다. 초고는 어차피 수정 대상이기 때문에 작은 문제는 무시한다. 나중에는 거의 다 '이다'로 바꾼다. 조금 부담스러워도 과감하게 '이다'로 고친다. 이런 경우다.

A. 우생학은 지배층에게 여러 가지 사회 문제를 완벽하게 해결해 줄 과학이었던 것 같다.
B. 우생학은 지배층에게 여러 가지 사회 문제를 완벽하게 해결해 줄 과학이었다.

이 두 문장은 같은 뜻이다. 필자가 아무리 강한 확신을 가지고 있다고 해도 '의견'일 뿐이다. 수학자나 과학자

의 글도 마찬가지다.* 그 어디에도 '사실은 없다. 해석
만 있을 뿐.'** 다음 대화를 보면 더 분명하게 느낄 것
이다.

A. 이번에는 선생님이 착각한 것 같습니다.

그건 당신 생각이지요.

B. 이번에는 선생이 착각한 것입니다.

그건 당신 생각이지요.

'것 같다'라고 하나 '이다'라고 하나 '그건 당신 생각'인
건 변하지 않는다. 그저 조금 겸손해 보이느냐, 아니냐
하는 정도의 차이가 있을 뿐이다. 부드럽게 표현하고
싶을 때는 써도 좋지만 확신하고 있다면 그러지 않는

---

*   앙리 푸앵카레는 《과학과 가설》을 통해 과학적 사유에 혁
명을 일으켰다. 그의 주요한 논지는 과학자들이 내놓은 보편
명제는 단순한 정의이거나 용어 사용에 대한 규칙이 아닌 한,
사유의 진전을 구체화하고 체계화하기 위해 만들어진 가설에
불과하며 증명과 수정, 반론을 필요로 한다는 것이었다. - 에드
워드 H. 카, 《역사란 무엇인가》, 1961, 73쪽

**   프리드리히 니체, 《권력 의지 Der Wille zur Macht》, 1906

게 좋다. 설득하는 글이라면 대개 '이다'를 써야 한다.

반대로 학술적인 글에서도 가끔 '것 같다'나 '듯하다'
가 나은 경우가 있다. 특히 주류 이론을 뒤집어야 한다
면 겸손한 태도를 보이는 것이 좋다. 찰스 다윈이 그랬
다. 《종의 기원》은 서문에서부터 '것 같다'가 나온다.
이런 식이다.

> 이러한 사실들은 종의 기원과 관련해 나에게 어떤 빛을
> 던져 주는 **것 같았다.**
>
> These facts **seemed to** me to throw some light on the
> origin of species.

서문뿐만 아니라 본문에서도 비슷한 전략을 썼다. '것
같다'와 비슷한 의미로 '라는 생각이 든다', '라고 생각
한다', '라고 한다'와 같은 어법을 사용하기도 했다. 책
에서 'seem'을 얼마나 많이 사용했는지 검색해 보았더
니 172번이었다. 아주 겸손한 자세로 납작 엎드렸던
것이다. 혁명적인 이론을 발표하면서 독자들의 거부감
을 최소화하기 위해 얼마나 고심했는지 알 수 있다.

좀 더 읽어 보면 이런 구절도 있다. "내가 지금 발간하는 이 이론은 필연적으로 불완전할 것임에 틀림없다. 일부 내용에는 참고문헌이나 근거를 댈 수가 없어 그 정확성에 대한 확신은 독자들에게 맡길 수밖에 없는 부분도 있다. 올바른 근거들만 이용하고자 늘 주의했지만 오류들이 슬며시 끼어들지 않았다고 장담할 수는 없다."* 그럼으로써 독자들이 적극적으로 개입하여 판단하게 만들었다. 그뿐만 아니라 사용하는 언어들도 당대의 구어였다.

당연한 말이지만 말 뜻 그대로 추측하는 경우라면 '것 같다'고 써야 한다. 다음 예가 그런 경우이다.

    A. 이 앙케트는 1930년대 미국에서 시작된 것 같다.
    B. 갈릴레오는 코페르니쿠스의 《천구의 회전에 관하여》를 읽지 않은 것 같다.
    C. 소크라테스는 전체주의 국가였던 스파르타를 최고의 정치체제라고 생각했던 것 같다.

---

*   찰스 다윈, 《종의 기원》, 2014, 한길사, 40쪽

또 하나 더 짚어야 하는 용례가 있다. 사르트르는 젊은 시절에 이렇게 주장했다. "시는 사물의 언어라 저항의 도구가 되지 못한다. 산문은 도구의 언어이기 때문에 저항의 도구가 된다." 이건 말도 안 된다. 우리는 체제 저항시가 많다는 것을 아주 잘 알고 있지 않은가. 실제로 사르트르의 이런 생각은 많은 비판을 받았다. 고집이 셌던 그는 다 늙은 뒤에야 이렇게 인정했다.

"젊은 시절에 내가 말을 잘못한 것 같다."

'잘못했다'라고 해야 하지만 그런 말이 흔쾌히 나오지 않았던 것이다. '것 같다'라는 표현에는 그런 마음이 담겨 있다.

그런데 요즘에는 왜 '것 같다'를 쓰지 말라고 하는 것일까? 현대사회는 정보가 너무 많다. 독자들의 눈과 귀를 붙잡기 위해서는 강한 어투가 필요하다. 끊임없이 '선택'에 시달리는 사람들이 자기 확신도 없는 말에 관심을 가지겠는가. 그뿐만이 아니다. 언어의 의미나 사용법은 끊임없이 변한다. 모두가 '이다'체를 쓰고 있는데 혼자 '것 같다'체를 쓴다면 겸손한 게 아니라 자신 없는 표현이 된다. 실제로 '글이 좋다'고 알려진 최근의 저작물에서 '것 같다'를 찾아보기는 쉽지 않다.

마지막으로 하나만 더 짚고 넘어가자. 다음과 같은 경우의 '것 같다'는 그냥 틀린 것이다.

A. 오늘은 제가 기분이 좋은 것 같아요.
B. 오늘은 (제가) 기분이 좋습니다.

A. 이것에 대해서는 제가 알고 있는 것 같아요.
B. 제가 알고 있습니다.

(비를 맞고 건물 안으로 들어서는 사람에게 '비가 오나요?'라고 물었을 때의 대답)
A. 비가 많이 오는 것 같아요.
B. 비가 많이 옵니다.

이런 경우야말로 정말로 자신감을 잃어버린 말투다. 생각해 보면 말하는 사람 스스로도 자기 말이 이상하다는 것을 알 것이다.

28   끊임없이 등장하는 '나'와 접속사

'가능하면 접속사를 쓰지 말라'는 말을 들어 보았을 것이다. 그 역시 중복이기 때문이다. 조금 과장해서 말하면 접속사는 연설용이거나 대화용이다. 말의 의미를 분명히 전달하기 위해 중복하는 보조사 같은 것이다.

젊은 시절에 오랫동안 교열 전문가로 일한 탓에 나쁜 문장을 보면 잘 읽어 내질 못한다. 읽다 말고 눈에 거슬리는 것들을 고치고 있다. 직업병에 가까울 정도다. 나는 내용만큼이나 '좋은 문장'에 집착하는 편인데, 비교적 최근 저작물 중에서는 유발 하라리의 《사피엔스》나 황현산의 《밤이 선생이다》가 좋았다. 놀라울 정도로 잘 읽힌다. 접속사를 쓰지 않고 문장을 이어 가는 힘은 《사피엔스》가 최고인 것 같다. 좋은 내용까지 담고 있으니 공부 재료로 금상첨화이다. 김상욱이 쓴 《떨림과 울림》도 그렇다. 접속사가 거의 없다. 그 덕분에 글의 리듬감이 아주 경쾌하다. 과학책의 문장이 이 정도로 좋은 경우는 드물다. 이런 책들은 쉽고 재미있게 읽을 수 있다. 저자가 다루는 내용을 아주 잘 알고 있어야 접속사를 적게 쓸 수 있기 때문이다.

'글이 좋은'《사피엔스》나《밤이 선생이다》에는 접속사가 아주 적다. 이 글을 쓰기 위해 다시 읽어 보니 지금 있는 것도 대개는 없어도 괜찮아 보인다. 다음과 같은 경우이다.

거꾸로 우리도 그의 언어나 사고방식을 배우는 데 아주 애를 먹었을 것이다.
하지만 약 7만 년 전, 호모사피엔스는 매우 특별한 일을 하기 시작했다.
—유발 하라리,《사피엔스》, 김영사, 2015, 43쪽

낡은 그림 한 점을 보기 위해 줄을 서서 기다렸던 그 긴 시간을 스스로 대견하게들 여기고 있었다.
그래서 몽유도원도의 관람은 일종의 순례행렬이 되었다.
—황현산,《밤이 선생이다》, 난다, 2013, 27쪽

있다고 해도 그리 크게 거슬리지 않지만 없어도 괜찮다. 접속사의 의미는 뒤에 이어지는 문장에 내포되어 있지 않은가. 예를 하나 더 보자. 김영하의 《살인자의 기억법》에 나오는 문장이다.

> 수험생들은 오답노트를 만든다. 나 역시 꼼꼼하게 내 살인의 모든 과정과 느낌을 기록했다.
> **그러나** 쓸데없는 짓이었다.
> 문장을 만들기가 너무 힘들었다. 명문을 쓰겠다는 것도 아니고 단지 일지일 뿐인데, 그게 그렇게 어렵다니.
> ─ 김영하, 《살인자의 기억법》, 문학동네, 2013, 7~11쪽

'그러나'가 없어도 의미는 전달된다. 접속사를 중복하면 리듬감과 긴장감이 한풀 꺾인다. 그런 효과를 내고 싶다면 중복하면 된다.

접속사 대신에 다른 낱말을 쓰는 방법도 있다. '그리고'나 '그런데' 대신에 '물론'이나 '당연히' 같은 낱말을 쓸 수도 있다. 다음의 예를 보자.

그 책을 읽으면서 맨 처음 떠오른 것은 한나 아렌트가

쓴《예루살렘의 아이히만》이었어요. **물론** 아렌트의 논지에 약간의 반대 의견이 담긴《예루살렘 이전의 아이히만》도 있습니다.

— 필자 글

글로 써야 자기 생각이 무엇인지 알게 됩니다. **당연히** 예상치 못했던 새로운 질문들이 쏟아져 나와 길을 가로막기도 해요.

— 필자 글

아하.

미안하지만 그것들은 비유가 아니었네, 이 사람아.

— 김영하,《살인자의 기억법》, 문학동네, 2013, 11쪽

위에서 예로 든 문장을 잘 분석해 보면 알 수 있을 것이다. '그리고' 대신에 '물론'이 쓰였고 '그런데' 대신에 '당연히'가, '그러나' 대신에 '미안하지만'이 쓰였다. 접속사를 쓸 때와 달리 맥이 풀리는 느낌이 없다. 오히려 독자를 더 끌어들이는 힘까지 느낄 수 있다. '물론'이나 '당연히'는 독자에게 공감을 구하는 방식이기 때

문이다. 적어도 접속사처럼 쉼표 같은 느낌을 주지는 않는다.

접속사만큼이나 '나는'이나 '내가'도 중복의 의미가 있기 때문에 쓰지 않는 게 좋다. 영어와 달리 한국어에서는 굳이 쓰지 않아도 된다. 독자 입장에서는 필자인 '내가' 쓰는 것임을 너무 잘 알기 때문이다. 내가 아닌 다른 사람과 혼동될 가능성이 없다면 쓸 필요가 없다. 그럼에도 불구하고 쓴다면, 강조하는 의미가 된다.

다시 말하지만, 초고를 쓰는 동안에는 이런 것들을 차치하고 그냥 몰입해서 쓰기를 권한다. 몰입해서 쓰다 보면 '나'와 '접속사'가 자주 튀어나온다. 그런 것은 나중에 고치면 된다. 자연스럽게 튀어나오는 말을 처음부터 글답게 바꾸려고 '기술적인 문제'에 집착하다 보면 생각의 흐름이 방해받게 된다. 글은 언제나 교정·교열한 결과로 좋아지는 것이다.

그것도 상당히 익숙해지면 말을 글로 바꾸는 속도가 빨라지고 뺄 것은 빼고 쓰게 된다. 그래도 '나'와 '접속사'에서 완전히 자유로워지기는 어렵다. 말할 때는 그것이 자연스럽게 느껴지기 때문이고, 자연스러운 상태

라야 감정과 열정을 불러내기 쉬울 뿐 아니라 생각의
흐름도 원활해지기 때문이다. 잊지 않고 퇴고할 때 찾
아 지우면 된다. 글은 많이 고쳐야 좋아진다.

29 보석 같은
형용사와 부사

형용사와 부사를 쓰지 말라고 하면서 헤밍웨이를 예로
드는 경우가 많다. 헤밍웨이가 '형용사·부사 없는' 간
결한 문장으로 세상을 놀라게 했다는 것이다. 정말 그
럴까? 다음은《무기여 잘 있거라 *Farewell the Arms*》의 첫 장
면이다.

> 그해 늦은 여름, 우리는 산으로 이어지는 평원과 강을
> 마주 보고 있는 어느 마을의 민가에서 지내고 있었다.
> 강바닥엔 햇빛을 받아 마른 하얀 자갈과 반들반들한 바
> 위*가 깔려 있었고 수로에는 빠르게 흘러 파랗게 보이

---

* 반들반들한 바위는 boulder를 번역한 것이다. boulder는
바위rock와 비슷한 말이지만 구체적으로는 자연의 힘으로 원래
장소에서 멀리 옮겨진 바위를 가리킨다. 대개 표면이 침식되어
반들반들하다. 한국어에는 '자연의 힘으로 원래 자리에서 옮겨
지면서 침식되어 반들반들해진 바위'를 뜻하는 말이 없다. 이

는 물이 흘렀다.

In the late summer of that year we lived in a house in a
village that looked across the river and the plain to the
mountains. In the bed of the river there were pebbles
and boulders, dry and white in the sun, and the water
was clear and swiftly moving and blue in the channels.

—어니스트 헤밍웨이,《무기여 잘 있거라》, 1929

멋진 그림을 그릴 수 있게 해 주는 글이다. 그런데 이
글이 머릿속에 아름다운 그림으로 그려질 수 있는 것
은 형용사·부사 덕분이 아닌가? '말라 하얗게' 보이는
강바닥의 자갈과 반들반들한 바위, 수로에 '빠르게 흘
러 파랗게' 보이는 물, 이것들에서 늦여름의 정취를 느
낄 수 있다. 그렇다면 형용사와 부사를 다 빼고 나면 어
떤 문장이 될까?

런 문제는 번역문에서 자주 나타난다. 같은 뜻을 가진 낱말이
없으니 풀어쓸 수밖에 없는 것이다. 이상하게도 한국어 번역판
에서는 boulder를 바위라고 번역하지 않았다. 위의 번역문은 모
두 필자의 번역이다.

해가 내리쬐는 강바닥엔 자갈과 바위가 깔려 있었고 수
로에는 물이 흘렀다.

늦여름의 풍경을 느낄 수 있는 핵심이 빠져 있다. 측량
보고서 같지 않은가. 이번에는 같은 작품의 마지막 문
장을 보자.

그들을 내보내고 문을 닫고 불을 껐지만 기분은 조금도
좋아지지 않았다. 조각상에게 굿바이라고 말한 것 같았
다. 잠시 후 병원을 나섰고 비를 맞으며 걸어서 호텔로
돌아갔다.

But after I had got them out and shut the door and
turned off the light it wasn't any good. It was like saying
good-by to a statue. After a while I went out and left the
hospital and walked back to the hotel in the rain.

— 어니스트 헤밍웨이, 《무기여 잘 있거라》, 1929

이 장면에서도 분위기의 핵심은 '조금도 좋아지지 않
았다'이다. 이 경우에도 형용사를 빼 보자.

그들을 내보내고 문을 닫고 불을 껐다. 조각상에게 굿바이라고 말한 것 같았다. 잠시 후 병원을 나섰고 비를 맞으며 걸어서 호텔로 돌아갔다.

어떤가? 등장인물의 마음이 잘 전달되지 않는다. 내가 판단하기에는 '조금도 좋아지지 않았다'는 문장이 마지막 장면의 분위기를 전달하는 핵심 요소이다. 이런 경우를 보면 아무래도 형용사·부사를 사용하지 않고 저자의 의도를 잘 전달하기는 어려워 보인다.

특히 다음과 같은 대화를 한번 음미해 보자. 헤어졌다가 10년 만에 다시 만난 연인의 대화이다. 여기에서도 형용사·부사가 결정적인 역할을 한다. 형용사·부사를 무조건 쓰지 말라는 건 지나친 게 분명해 보인다.

"세월이 참 빠르기도 하군요."
"긴 세월이었어요."
"잊힐까 두려웠어요."
"잠시도 잊은 적이 없어요."

이런 예들을 보면 저자의 의도는 형용사·부사를 통해

드러난다. 논픽션에서도 마찬가지다. 그 유명한 E. H. 카의 《역사란 무엇인가》에서 한 구절을 보자.

> 그러므로 '역사란 무엇인가?'라는 물음에 대한 나의 첫 번째 대답은, 역사란 역사가와 그의 사실들이 끊임없이 상호작용하고, 현재와 과거가 끊임없이 대화한 결과라는 것입니다.
>
> My first answer therefore to the question 'What is history?' is that it is a continuous process of interaction between the historian and his facts, an unending dialogue between the present and the past.
>
> ─에드워드 H. 카, 《역사란 무엇인가》, 1961

여기에서도 '끊임없이'가 아주 중요한 역할을 하지 않는가. 예를 하나 더 들어 보자.

> 세월호에 실린 화물 중 410톤은 제주해군기지로 가는 철근이었습니다. 참사가 발생하고 2년이 지나고 나서야 알게 된 사실이었습니다. 과적 때문에 침몰했지만 그 철근이 어떤 과정을 거쳐 배에 실리게 되었는지 우리는 아

직 알지 못합니다. 참사를 반복하지 않기 위해서 제대로 조사하고 면밀하게 기록해야 하는 이야기가 너무나 많습니다.

(중략)

세월호 참사가 이 참사의 연쇄 고리를 끊었던 사건으로 기억되기를 간절히 바랍니다.

— 김승섭, 《아픔이 길이 되려면》, 동아시아, 2017, 전자책

여기에서 사용된, '아직', '제대로', '면밀하게', '너무나'를 빼는 것이 좋다고 말할 사람은 없을 것이다. 여기에서 쓰인 '아직'과 '너무나'는 글자 그대로의 단순한 뜻만 가지는 게 아니다. '아직'이라는 부사에는 언젠가 꼭 이루어지기를 바라는 간절함이, '너무나'에는 해도 해도 다하지 못할 것이라는 슬픔이 담겨 있다. 마지막 문장의 '간절히' 역시 마찬가지다.

형용사·부사가 문제가 되는 것은 의미의 중복일 때이거나 감정을 강요할 때이다. 말하자면 감정을 적절히 절제하지 못하거나 충분한 설명 없이 저자의 감정을 마구잡이로 드러내는 경우이다.

그런데 책에서는 형용사·부사가 잘못 쓰인 예를 찾기가 쉽지 않다. 책으로 만들어지는 과정에서 대부분 교열되었을 것이다. 저자가 너무 권위적이어서 고집부린 게 아니라면. 다음 문장은 어렵게 찾은 예이다.

> 그녀는 한 시대의 젊음을 환희와 고뇌로 아름답게 수놓다가 미완성품을 그대로 남겨둔 채 조용히 떠나 버린 여행자라고나 할까.
> ― 임헌영, 〈전혜린론〉, 《목마른 계절》 수록, 1986, 18쪽

여기에서 쓰인 형용사는 모두가 중복 내지는 강요이다. 적어도 앞의 예에서 사용된 형용사·부사처럼 전체 의미를 빛나게 만드는 결정적인 역할을 하는 것은 아니다. 없어도 상관없다. 그렇다면 없어야 한다. 위 문장은 아래와 같이 수정할 수 있다.

> 그녀는 한 시대의 젊음을 환희와 고뇌로 수놓다가 완성하지 못하고 떠나 버린 여행자라고나 할까.

부커상을 받으면서 유명해진 한강은 소설에서 형용

사·부사를 아낌없이 사용하고 있다. 김승섭의 책에서는 '결정적인' 경우에만 한정적으로 쓰였다. 픽션과 논픽션의 차이이다.

또 아침이네요.

아름답고 부드러운 목소리로 자흔은 아침 인사를 했다. 다시 아침이 왔다는 것이 기쁘다는 것인지 혹은 지겹다는 것인지, 신기하다는 것인지 아니면 괴롭다는 것인지 짐작할 수 없는 단조로운 억양으로 자흔은 또박또박 그렇게 인사하곤 했다. 그러고는 다시 이루 말할 수 없이 지쳐 보이는 얼굴이 되어 밥술을 떠넘기고는 나와 함께 자취방을 나섰다.

— 한강, 《여수의 사랑》, 문학과지성사, 1995, 34쪽

사회역학은 그 사회적 관계가 인간의 몸에 질병으로 남긴 상처를 해독하는 학문입니다. 그런데 미세먼지나 석면 노출을 측정하는 일에 비해 차별을 측정하는 일은 인간의 사회적 경험을 측정한다는 점에서 더 예민하고 어렵습니다. 사회적 폭력에 노출된 약자들은 자신의 경험을 표현할 적절한 언어를 가지지 못할 때가 많기 때

문입니다.

— 김승섭, 《아픔이 길이 되려면》, 동아시아, 2017, 14~15쪽

마지막으로 덧붙이고 싶은 말이 있다. 형용사·부사를 쓰지 말라고 설명하는 글에서도 아주 적절한 형용사 부사를 사용하더라는 것.

30 직유는 은유의 못난 동생

"직유는 은유의 가난한 사촌이다^{Similes are the poor cousins of metaphors}"라는 말이 있다.*

은유는 독자가 적극적으로 동참하기를 바라고, 직유는 잘 들어주기를 바라는 어법이다. 은유는 표현하고 직유는 설명한다. 당연히 은유는 긴장하게 만들고 직유는 이완시킨다. 하나씩 예를 들어 보겠다. 먼저 직유와 은유의 차이를 느껴 보자.

바소꼴은 창의 촉처럼 생긴 것이다.

이처럼 직유는 설명이다. 특별한 상상력을 요구하지 않는다. 이미 알고 있던 지식을 참조하면 바소꼴이 어

---

* Peter Newmark, 《Paragraphs on Translation》, Multilingual Matters, 1993, 19쪽

떤 모양인지 알 수 있다. 그것으로 충분하다. 다음과 같
이 쓰면 달라진다.

  "그는 어떤 사람이었나요?"

  "바소꼴이었어요. 다가가면 찔릴 것 같은."

'바소꼴이었어요'라는 말을 듣는 순간 조금은 긴장했
을 것이다. 질문과 어떤 관련이 있는지 생각하게 만들
기 때문이다. 바소꼴로 느껴지는 사람이 어렴풋하게
떠올랐을 것이다. 표현은 이처럼 긴장하게 만든다. 독
자를 끌어들이고 상상하게 만든다. 이어지는 말, '찔릴
것 같은'이라는 설명을 듣고는 바소꼴이 그 사람의 분
위기를 말하는 것임을 알게 된다. 긴장과 이완을 잘 느
낄 수 있다. 다음과 같은 '표현'이라면 직유하지 말고
은유하는 게 좋다. 직유하면 멋진 비유까지 망쳐 버릴
지 모른다.

  늦더위가 여름의 옷자락을 잡고 놓지 못하는 것처럼 느
  껴지던 어느 날 절에서 떠나야 했다.

그렇다고 직유하지 말라는 건 아니다. 비유와 함께 원관념을 드러내야 할 때에는 은유하기 어렵다. 다음과 같은 경우다.

> 거미줄처럼 끈끈하고 질기게 두 다리를 감고 있던 긴장감이 빠져나갔다.
> ─ 구병모, 《위저드 베이커리》, 창비, 2009

> 폭발 직전의 우주가스처럼 아스라이 출렁였다.
> ─ 조세희, 《난장이가 쏘아올린 작은 공》, 이성과힘, 2000

> 광부처럼 고놈도 뭔가를 캐는 놈이었다.
> ─ 이문영, 《웅크린 말들》, 후마니타스, 2017

강도의 문제도 있다. 은유는 강하고 직유는 약하다. 이런 경우이다.

> A. 그 앞에만 서면 어린아이가 되었다.
> B. 그 앞에만 서면 어린아이처럼 변했다.

이 두 문장의 의미는 거의 같다. 강도 차이가 있을 뿐이다. 은유는 센 말이다. 어른인 내가 사라지고 어린아이만 남을 만큼 그에게 빠져들었다는 뜻이다. 직유하면 아직 어린아이가 되지는 않았다는 뜻이다. '어린아이처럼' 변한 어른이 아직 남아 있지 않은가. 강도를 조절하고 싶다면 직유와 은유의 미세한 차이를 이용하면 된다. 기억만 해 두길 바란다. 언젠가 필요할 때 떠올려서 사용할지 모르니까.

부드럽고 편안하게 글을 쓸 때는 아주 일상적인 직유법을 사용하는 것이 좋다. 직유라는 느낌도 들지 않을 정도라 아주 잘 읽힌다. 담담하면서도 너무 심심하지는 않게 만드는 양념 같다. 나도 이전에는 미처 몰랐다. 일기가 책이 되어 나오면서 알게 된 것이다.

한 유명 편집자는 이 '스냅사진처럼 짧은 글들'을 묶어 책으로 내고 싶다고 했다. 슬픔은 글 주변에서 아지랑이처럼 흔들리고 있었을 것이다. 그 글을 읽고 그는 '가슴에 사무친다'고 했다.

—강창래, 《오늘은 좀 매울지도 몰라》, 루페, 2018, 12쪽

마지막으로 멋진 은유를 사용한 시의 한 구절을 보자.
은유의 맛과 효과를 느껴 보기 바란다.

> 갓 뜯은 해조를 목이 아프게 이고 오는 아낙들
> 미역 다시마 청각 파래 톳 모자반 청태
> 헝클린 사투리의 머리카락을 치렁치렁 풀어 내리며
> 바다가 몸을 푸는 시장 바닥으로 나가 보면
> 끈적끈적한 생명이 묻어나는 시원始原의 숲 냄새
> ─ 김석규, 〈갯바람〉, 《먼 그대에게》, 빛남, 1989

맛깔스러운 은유는 '헝클린 사투리의 머리카락을 치렁
치렁 풀어 내리며'에서 찾을 수 있다. 머리에 이고 온
해조들을 내리며 사투리를 '헝클린 머리카락처럼 풀어
놓는 모습'이 떠오른다. '바다가 몸을 푸는 시장 바닥'
도 여러 겹의 의미를 담고 있다. 마치 갓 태어난 생명
같은 끈적끈적한 해조를 느낄 수 있다.

　이런 멋진 은유에도 결정적인 단점이 있다. 어떤 독
자에게는 전혀 전달되지 않는다. 본 적도 없고 경험도
없다면 해석은 불가능하다. 원관념을 숨겨 버렸기 때
문이다.

요즘 책에는 직유나 은유가 많이 쓰이지 않는다. 해석하기 어려운 은유도 드물다. 어쩌면 직유나 은유도 구시대적인 유물인지 모른다. 두 가지 이유 때문이다. 옛날에는 짧게 쓰지 않을 수 없었다. 쓰기를 위한 도구가 불편했고 종이 역시 귀했다. 짧은 글로 많은 것을 표현해야 했다. 이제는 생각의 속도만큼이나 쓰기 속도가 빨라졌고, 기록할 수 있는 공간 역시 무한대에 가깝다. 머리를 싸매며 암호 같은 비유를 만들어 낼 필요가 없어진 것이다.

두 번째 이유는 세상이 빠르게 변화하고 있기 때문이다. 비유는 안정된 공감 환경을 필요로 한다. 직유보다 은유가 더 그렇다. 삶의 배경과 경험이 다르면 은유로 소통하기 어렵다. 원관념을 숨기는 방식이기 때문이다. 끊임없이 격변하는 사회라면 글을 쓰는 이유도 '새로운 것'에 대한 내용일 가능성이 크다. 비유를 하더라도 직유(설명)가 더 적절해진 것이다.

31 한국어다운 문장과 긴장감

한국어는 대개 유정명사가 동사를 사용하는 구조이다. 유정명사란 생명을 가진 것들의 이름이다. 사람이나 동물, 식물 모두 다 해당한다. 한국어는 추상명사를 주어로 사용하지 않으려는 경향이 있다. 아래 문장을 보자. 앞이 영어 번역 투이고, 뒤가 '한국어다운 구조'이다.

A. 그 환자를 낫게 만드는 의사의 진찰이 있었다.

B. 의사가 진찰한 덕분에 그 환자는 나았다.

동양의 아이는 동사를 먼저 배우고 서양의 아이는 명사를 먼저 배운다. 그 정도로 영어는 명사 중심의 언어이다. 비교적 정적이다. 그에 비하면 한국어는 동적이다. 잘 쓴 소설이나 에세이를 읽어 보면 쉽게 느낄 수 있다. 조금 복잡한 문장이라 해도 분석해 보면 주로 유정명사가 동사를 사용하는 구조이다. 그러면서 리듬감을 느낄 수 있는 의미 보폭을 만들어 낸다.

그렇지만 다음의 표어 같은 글에서는 추상명사를 주어로 하는 것이 더 나아 보인다. 이유가 뭘까?

A. 무분별한 외래어 사용은 한국어를 오염시킵니다.

조금 딴지 거는 것 같지만 이 문장의 내용은 하나 마나한 소리다. 무분별하게 사용해서 좋은 게 어디 있겠는가. 잘 분별해서 사용하면 풍부해지겠지만. 이 문장을 한국어다운 구조로 바꾸면 이렇다.

B. 외래어를 무분별하게 사용하면 한국어가 오염됩니다.

무엇인가를 강조할 때는 자연스러운 어법을 '위반'할 필요가 있다. 문장 구조를 통해 긴장감을 유발하는 것이다. 그럴 때 쓰이는 방법 가운데 하나가 선택 제약 위반이나 도치법이다. '선택 제약 위반'이란 요즘 유행어에서 많이 쓰인다. '격렬하게 아무 일도 안 하고 싶다'와 같은 어법이다. '격렬하게'라는 낱말은 '안 하다'와 함께 쓸 수 없다. 그런 선택 제약을 위반함으로써 반항적인 의미를 강조한 것이다. 잘 알려진 김수영의 시, 〈풀〉에서 쓰인 어법도 그런 것이다. 다음은 그 시의 첫 번째 연이다.

풀이 눕는다
비를 몰아오는 동풍에 나부껴
풀은 눕고
드디어 울었다.
날이 흐려서 더 울다가
다시 누웠다.
— 김수영, 〈풀〉, 《김수영 전집 1》, 민음사, 1981, 297쪽

풀은 울거나 누울 수 있는 '동물'이 아니다. 그러니 '풀이 눕는다'는 선택 제약을 위반한 문장이다. 시에서 쓰이는 비유는 이런 경우가 많다. 선택 제약이 상식적인 것이니 선택 제약 위반은 파격이다. 파격은 긴장감을 높인다. 문학에서만 그렇게 쓰이는 것은 아니다. 루이

스 네이미어라는 역사학자는 이런 말을 한 적이 있다. "(역사가는) 과거를 상상하고 미래를 기억한다." 무슨 소린가 싶을 만큼 선택 제약을 위반하고 있다. 마셜 매클루언이라는 문화비평가는 "미디어는 마사지다"라고 했다. 그들은 이런 선택 제약 위반을 통해 사람들의 관심을 끌고, 자신의 주장을 전달했다.

도치법도 비슷한 이유로 사용된다. 데카르트가 한 말, "나는 생각한다. 고로 존재한다" 역시 도치법으로 볼 수 있다. 먼저 사람이 존재해야 생각할 수 있을 텐데, 거꾸로 생각하기 이전에는 존재하는 것이 아니라고 말한 것이다.

추상명사를 주어로 쓰는 어법은 외국어 영향이라고 주장하는 학자도 있다. 그렇지만 한국어 어법에 그런 것이 없었다고 말하기는 어렵다. 앞에서 설명했듯이 도치법이나 선택 제약 위반을 통해 의미를 강조할 수 있다는 것을 아무도 몰랐을 리가 없다. 예를 들면, '마음이 아프다'거나 '오지랖이 넓다'는 말이 있지 않은가. 그런 건 얼마든지 더 찾을 수 있다. '길이 험했다', '검은 구름이 몰려들었다'처럼 상황을 묘사해야 할 때는 당연히 무정명사를 쓴다.

기록에 따르면 한국어다운 문장 구조는 대략 8세기 신라 때 시작된 것으로 추정할 수 있다. 한자를 빌어 기록한 이두를 보면 지금 한국어의 어순과 비슷하다. 그 점은 고구려어도 마찬가지인데, 사용하는 어휘는 많이 다르다. 같은 계통의 언어였지만 다른 언어라고 봐야 할 정도이다. 지금 한국어에 남아 있는 고유어의 어휘는 주로 신라의 맥이다. 그렇게 보면 적어도 1,300년 이상 사용된 한국어인데 이런 정도의 표현법은 내재된 역량이라고 봐도 좋을 것이다. 정리해 보자면 이렇다.

'유정명사와 동사'의 순서가 자연스러운 구조이다. 가장 잘 소통할 수 있는 문장 구조다. 긴장하게 만들려면 도치법이나 선택 제약을 위반하면 된다.

여기에서 하나 더 짚고 넘어가자. 영어가 명사 중심의 표현이 많기 때문에 수식어로는 형용사가 많이 쓰인다. 동사라면 부사가 될 것이다. 한국어다운 문장에서 형용사보다 부사가 더 많이 쓰이는 이유다. 다음의 예를 보자.

A. 그들의 자세한 비교는 큰 차이를 드러낼 것이다.

이 문장은 이렇게 고칠 수 있다.

  B. 그들을 자세하게 비교하면 차이가 크게 드러날 것이
    다.

명사를 수식하던 형용사를 모두 동사를 수식하는 부사
로 바꾸었다. 그런데 이 경우에도 고치기 전의 문장이
더 강하게 느껴진다. 자연스러움을 거부함으로써 생기
는 긴장감 때문이다. 서술어를 단정적으로 바꾸면 더
강해진다.

  C. 그들의 자세한 비교는 큰 차이를 드러낸다.

여기에서 '그들의'와 같은 표현법은 좋다고 보기 어렵
다. 무엇보다 그 뜻이 애매하다. 그렇다고 풀어쓸 수
도 없다. 맥이 빠질 테니까. 그러니까 이런 문장은 필
요에 맞춰 융통성을 발휘해야 할 때 쓴다. 광고성 어
법으로 가능하다. 유혹이 목적이니 애매한 표현이 더
좋을 수도 있다. 물론 맨 먼저 고려해야 할 것은 '그들
의'를 빼는 것이다. 뺄 수 있다면 빼야 한다. 문장 **고치**

기 전략에서 핵심은 더하기가 아니라 빼기다. 무자비할 정도로.

독자 여러분은 알 수 없겠지만, 나는 이 원고를 다듬는 동안 원래 원고에서 반 정도를 사정없이 빼 버렸다. 뺄 때는 아쉽지만 빼고 나면 좋은 줄 안다.

32 감정이 드러나는
부사의 자리

많은 경우 수식어는 수식되는 말 바로 앞에 두는 것이 좋다. 그렇지만 동사를 수식하는 부사의 경우는 그리 간단치 않다. 위치에 따라 의미가 조금 달라지기 때문이다. 다음의 예를 보자.

    A. 자꾸 안경이 흘러내렸다.
    B. 안경이 자꾸 흘러내렸다.

    A. 이따금 집안일을 도와주었다.
    B. 집안일을 이따금 도와주었다.

수식어가 수식되는 말 바로 앞에 놓이는 게 의미 전달이 잘 된다는 점에서 보면 고친 문장이 좋아 보인다. '의미' 중심으로 생각하면 좀 다를 수 있다. 동사는 혼자가 아니다. 무엇인가의 동작을 나타낸다. 그렇게 보면 '안경이 흘러내린다'가 한 묶음이다. 의미의 리듬으로 볼 때 '자꾸'는 그 앞에 놓여야 한다. 두 번째 예도 마찬가지다. 집안일에 시달리는 주부라면 '이따금'이라는 낱말이 따로 떠오를 것이다. 다음 예를 보자.

> A. 땀이 나면 자꾸 안경이 흘러내린다.
> B. 땀이 나면 안경이 자꾸 흘러내린다.

두 번째 문장은 너무 차분하다. 안경을 쓰는 사람은 느낌이 다르다. 땀이 나면 자꾸만 '안경이 불편해진다'. 이런 부사는 전체 동작에 대한 느낌이 담긴다. 소설에서 이렇게 쓰인 예를 찾을 수 있다.

> 여름이면 콧잔등을 타고 자꾸 안경이 흘러내린다고, 겨울엔 실내에 들어갈 때마다 안경알에 김이 서려 아무것도 안 보인다고 작은형이 그랬는데.
> ― 한강, 《소년이 온다》, 창비, 2014

여름과 겨울, 안경이 흘러내리는 동작과 안경알에 김이 서리는 동작을 대구로 표현했는데 '자꾸'와 '때마다'

가 그 앞에서 그런 상황을 수식하고 있다. 이럴 때는 부사의 제자리가 동사 앞이라는 점을 고집할 필요가 없다. 다음의 예를 보면 더 잘 이해할 수 있을 것이다.

A. 천신만고 끝에 마침내 고향집에 도착했다.

문장의 의미가 '편안한 상태'가 아니기 때문이다. 이런 문장은 부사를 통해 감정이 드러난다. 격정적일수록 더 그렇다. 그래서 부사를 제자리에 보내면 지나치게 차분한 느낌이 든다.

B. 천신만고 끝에 고향집에 마침내 도착했다.

감정을 너무 억누른다는 느낌마저 들 정도다. 무엇을 강조할 것인가에 따라 단어의 위치가 결정되어야 한다. 감정을 드러내기 위해 사용되는 **부사는 문장의 의미를 생각해서 제자리에 놓이도록 해야 한다.** 수식하는 '내용'의 바로 앞이 적당할 때가 많다.

33   20세기 최고의 소설은
        만연체

문장은 짧을수록 좋다. 소통이 잘 되기 때문이다. 그렇
다고 언제나 짧은 게 좋다고 단정할 수는 없다. 만연체
로 쓰인 긴 문장이라고 해도 '좋은 경우'가 있기 때문이
다. 그렇지만 대개는 만연체를 나쁘다고 판단한다. 《고
려대한국어대사전》의 설명을 보자.

만연체 蔓衍體

반복하거나 수식하는 말이 많은, 길고 자세하게 늘어놓
은 문체. 정보를 충분히 전달할 수 있다는 장점은 있으
나, 문장의 긴밀성이 떨어진다는 단점이 있다.

예 1. 만연체 문장은 너무 길고 지루해서 읽기가 어려워.

예 2. 한때는 만연체가 공연히 멋있어 보여 긴 문장을 써
보려고 애쓰기도 했지요.

단어 설명에서는 가치 중립적인 입장을 유지하고 있

다. 그러면서도 그냥 넘어가기 어려웠는지, 예문에 조금은 '나쁘다'는 느낌을 담아 놓았다. 나도 짧은 문장을 권한다. 수식어도 많이 쓰지 말고, 중복하지 말고, 핵심을 짚어 간결하게 쓰라고 한다. 만연체는 그 반대다. 그렇다고 만연체로 글을 쓰는 '좋은' 작가가 없는 것은 아니다. 많지는 않지만.《삼미 슈퍼스타즈의 마지막 팬클럽》으로 유명한 박민규를 예로 들 수 있다.

> 그해로 말할 것 같으면 — 우선 37년 만에 야간 통행금지가 해제되고, 중고생의 두발과 교복 자율화가 확정됨은 물론, 경남 의령군 궁유지서의 우범곤 순경이 카빈과 수류탄을 들고 인근 4개 마을의 주민 56명을 사살, 세상에 충격을 준 한 해였다.
>
> — 박민규,《삼미 슈퍼스타즈의 마지막 팬클럽(개정판)》, 한겨레출판, 2017, 9쪽

국어사전의 설명대로다. '정보를 충분히 전달하고 있지만 문장의 긴밀성은 떨어진다.' 이와 반대되는 스타일을 보면 그 느낌이 아주 분명해진다.

d는 그날을 기억하고 있었다. 낙뢰를 보았다. 바로 앞에
서 떨어졌다. 그런 일은 그 전에도 이후에도 없었다. 바
닥에 남은 자국이 어떻게 생겼는지도 기억했다. 한쪽
끝이 올라간 작은 입처럼 생겼었지. 손가락으로 문지르
면 지워질 줄 알았는데 지워지지 않았다. 홀린 듯 그걸
들여다보았다.

— 황정은,《디디의 우산》, 창비, 2019, 10쪽

간결하고 경쾌하지 않은가. 그렇지만 소설을 문체만으
로 평가할 수는 없다. 내용에 어울리는 문체라면 오히
려 성공으로 보아야 한다. 실제로 성공이냐 실패냐, 하
는 것은 평가하는 사람에 따라 달라질 수밖에 없겠지
만. 이렇게 만연체를 시도한 예는 옛날에도 있었다. 소
설가 박태원이 쓴 〈방란장 주인〉은 한 문장으로 쓰인
단편소설이다. 소설의 길이는 이효석이 쓴 〈메밀꽃 필
무렵〉과 큰 차이가 없다. 다음은 〈방란장 주인〉의 시작
부분이다. 감상해 보자.

　　그야 주인의 직업이 직업이라 결코 팔리지 않는 유화油
畵 나부랭이는 제법 넉넉하게 사면 벽에가 걸려 있어도,

소위 실내장식이라고는 오직 그뿐으로, 원래가 삼백 원 남짓한 돈을 가지고 시작한 장사라, 무어 찻집답게 꾸며 보려야 꾸며질 턱도 없이, 다탁과 의자와 그러한 다방에서의 필수품들가지도 전혀 소박한 것을 취지로, 축음기는 (후략)

— 박태원, 〈방란장 주인〉, 1936

만연체이지만 재미있게 읽힌다. 보기에 따라서는 멋있을지도 모르겠다. 소통이 잘 되는 스타일이라기보다 특이한 정서를 전달해 주는 형식이다. 그런 의미에서 매력적이다. 논픽션의 경우에는 만연체를 쓰는 경우가 거의 없겠지만.

만연체로 알려진 세계 명작으로는 마르셀 프루스트의 《잃어버린 시간을 찾아서》, 빅토르 위고의 《레미제라블》, 제임스 조이스의 《율리시스》가 있다. 이들 작품에는 엄청나게 긴 문장이 사용된다.

《잃어버린 시간을 찾아서》 프랑스어판에는 847개의 단어, 빅토르 위고의 《레미제라블》에는 823개의 단어, 제임스 조이스의 《율리시스》에는 4,391개의 단어로 이루어진 '한 문장'이 나온다. 세계 최고 기록은

2001년에 출간된 조나단 코의 《깡패 클럽*The Rotters' Club*》인데 무려 1만 3,955개의 단어를 쓴 '한 문장'이 있다고 한다.* 참고로 박태원의 〈방란장 주인〉은 1,983개 단어로 쓴 한 문장이다.

최고의 문학 작품으로 꼽히는 몇몇 작품들은 만연체 문장으로 쓰였다. 그것도 어마어마하게 긴 문장으로. 특히 소설을 쓰고 싶다면 만연체를 무조건 배제할 일은 아니다.

2018년에 출간된 《제9회 젊은 작가 수상작품집》에 실린 정영수의 〈더 인간적인 말〉도 만연체로 쓰였다. 제목도 만연체가 더 인간적이라고 말하는 듯하다. 다음은 그 소설에 나오는 문장이다.

아직은 우리가 갈라설 거라는 사실을 엄마나 이모가 알고 있는 것도 아닌 데다가, 설사 이미 우리가 완전히 갈라섰고 더 이상 법적으로 서로에게 어떤 구속력도 갖지 않는다고 해도 이모에게 무언가 큰일이 벌어졌다면 팔

---

* 〈Victor Hugo Central〉http://www.gavroche.org/vhugo/sentence.shtml

년 동안 가족으로 지낸 사람으로서 무시할 수는 없다는
것이었다.

─ 정영수, 〈더 인간적인 말〉, 《제9회 젊은 작가 수상작품집》,
문학동네, 2018

나름대로 매력적이지 않은가. 앞에서 언급한 황현산도
대중적인 에세이는 단문으로 썼지만 본격적인 문학비
평은 만연체로 쓰기도 했다. 그것도 한번 보자.

'위대한 병자'인 그는 육체적 감각을 극한으로 활용하
는 자일 뿐 아니라, 불교식으로 말하자면 수자의 이상
을, 기독교적으로는 신을 본떠 만들어진 인간 형상을,
포기한 자이며, '위대한 범죄자'인 그는 사회적 주체에
서 유기된 자, 혹은 거기에 편입되기를 거부하는 자이
며, '저주받은 자'인 그는 종교적으로도 정치적으로도
타자로 규정된 자이다.

─ 황현산, 《잘 표현된 불행》, 문예중앙, 2012, 19~20쪽

매력적이지 않은가. 이 예문은 내용이 조금 어렵게 느
껴질 수는 있지만 그것은 문체 때문이 아니다.

34   글 고치기의
핵심과 실제

어색한 문장을 책에서 찾아내는 건 쉽지 않다. 책다운 책이라면 대개 그렇다. 좋은 편집자라면 저자가 실수한 문장을 그대로 넘기지 않을 테니까. 대개는 출간되기 전에 교정·교열될 것이다. 이 글에서는 '글 고치기의 핵심과 실제'를 예를 통해 자세히 보여 줄 생각이다.

그보다 앞서, 개인적으로는 한 문장에 하나의 메시지를 담는 게 좋다고 생각한다. 그건 어쩌면 감각적인 문제일지도 모른다. 다음의 경우 문장을 나누는 것이 좋은지, 그대로 한 문장으로 쓰는 것이 좋을지 생각해 보자.

옛 그리스의 도시 테베로 들어가는 나그네라면 누구나 스핑크스의 수수께끼를 풀어야 하였듯이 수사학의 도시에 들어가려는 독자들도 수수께끼 한 토막을 먼저 풀어야 한다. '경찰관과 소방관이 싸우면 과연 누가 이길

까?' 언뜻 보면 국가 공권력의 상징인 경찰관이 이길 것
같지만 예상을 뒤엎고 그 답은 소방관이다. 경찰관과는
달리 소방관은 물불을 가리지 않고 싸우기 때문이다.

—김욱동, 《수사학이란 무엇인가》, 민음사, 2002, 7쪽

옛 그리스의 도시 테베로 들어가는 나그네라면 누구나
스핑크스의 수수께끼를 풀어야 했다. 수사학의 도시로
들어가려는 독자도 수수께끼를 풀어야 한다. '경찰관과
소방관이 싸우면 과연 누가 이길까?' 경찰관이 이길 것
같지만 그렇지 않다. 소방관은 물불을 가리지 않고 싸
우기 때문이다. 소방관이 이긴다.

나는 아래 고친 문장처럼 쓰길 권한다. 원래 문장에 있
던 '주관적인 설명'이나 군더더기, 의미가 중복된 것
은 뺐다. 원래 문장처럼 자세한 설명을 덧붙이면 긴장
감이 떨어진다. '한 토막을 먼저'는 중복이어서, '언뜻
보면 국가 공권력의 상징인'과 '경찰관과 달리'는 꼭
필요한 설명이 아니라고 판단되어 뺐다. '독자들'에서
'들'을 뺀 이유 역시 필요 없는 것이기 때문이다. 한국
어에서는 영어와 달리 굳이 복수를 표현하지 않는다.

물론 '굳이' 복수를 강조해서 드러내고 싶다면 쓸 수도 있겠지만.

정리하자면, 글을 고칠 때 가장 중요한 것은 이 두 가지이다. **'중복된 요소'인지, '없어도' 충분히 소통되는지. 의미를 잘 생각해 보고 그런 부분을 가차 없이 없애야 한다.** 이렇게 쓰고 나면 나도 조금 켕긴다. 이 책을 쓰면서 가차 없이 없앴는지 자신이 없기 때문이다. 최선을 다해 노력하긴 했지만.

이제 글 고치기의 실제를 자세히 들여다보자. 하나하나 분석적으로 설명하겠다. '어떻게'보다 '이유'를 잘 새겨 보기 바란다. 결과보다 과정을 이해해야 응용할 수 있을 테니까. 게다가 글은 언제나 개인의 의견이다. 의견이 다르다면 다른 이유를 두고 토론할 수 있지 않을까.

우선 고치기 전의 문장이다. 의미를 잘 새기며 천천히 읽고 나름대로 고쳐 보면 좋겠다. 그런 다음 내가 고친 글과 고친 이유를 읽어 보기 바란다.

A. 며칠 전 라면을 사러 나가다 봤던 단지 앞 정류장의

꽃이 만개했던 목련나무는 그새 꽃이 다 떨어져 가고 있었다. 사람들의 발자국을 머금은 채 보도블록 위에 짓눌리고 으깨진 싯누런 꽃송이들에선 며칠 전의 상앗빛 우아함이라곤 찾아볼 수 없었다. 어서 쓰레받기에 실려 사라지기를 기다리는 것만이 그들의 며칠 전 영광을 그나마 지켜 줄 수 있는 최후의 수단처럼 보였다. '그래도 한때 만개라도 했던 것이 어디냐.'

첫 번째 문장. "며칠 전 라면을 사러 나가다 봤던 단지 앞 정류장의 꽃이 만개했던 목련나무는 그새 꽃이 다 떨어져 가고 있었다."

'라면을 사러 나갔다'는 뒷부분의 내용을 읽어 볼 때 꼭 필요한 정보가 아니다. 그럴 때는 빼는 것이 긴장과 집중을 위해 좋다. 며칠 전이라고 앞에 썼으니 '그새'도 꼭 필요한 말은 아니다. '만개'와 같은 낱말은 가능하면 쓰지 말자. 이런 글에서는 고유어를 사용하는 것이 소통하기 좋다. 그리고 이 문장에는 두 가지 내용이 담겨 있다. 각각 하나의 문장에 나눠 담는다.

고친 문장은 이렇다. "며칠 전 단지 앞 정류장의 목

련은 활짝 피어 있었다. 그 꽃이 많이도 떨어졌다."

두 번째 문장. "사람들의 발자국을 머금은 채 보도블록 위에 짓눌리고 으깨진 싯누런 꽃송이들에선 며칠 전의 상앗빛 우아함이라곤 찾아볼 수 없었다."

　이 문장을 잘 읽어 보면 세 가지 내용이 담겨 있다. 배경과 초점, 그리고 글쓴이의 감상이다. 의식의 흐름을 생각해 보면 이야기를 어떤 순서로 써야 할지 알 수 있다. 초점을 드러내기 위해서는 배경이 앞서야 한다. 그런 다음 글쓴이의 감상을 달아야 한다. 이런 문장의 순서는 매우 중요하다. 의식의 흐름에 맞춘 시제 선택도 중요하다.

　이런 네 가지 생각을 바탕으로 이 문장을 다음과 같이 고쳤다. "보도블록 위에 짓눌리고 으깨진 꽃송이들이 싯누렇게 변했다. 그 위로 사람들 발자국이 보인다. 이전의 우아한 모습은 찾아볼 수 없다."

세 번째 문장. "어서 쓰레받기에 실려 사라지기를 기다리는 것만이 그들의 며칠 전 영광을 그나마 지켜 줄 수 있는 최후의 수단처럼 보였다. '그래도 한때 만개라도 했던 것이 어디냐.'"

　이 문장에서는 다시 되풀이할 필요가 없는 부분을 빼
버린다. '영광'은 단락 앞부분에서 보여준 의미를 규정
하면서 반복한 것이다. 강조할 필요가 충분하지 않다
면 빼는 것이 좋다. '최후의 수단' 역시 쓰레받기에 실
려 사라진다는 것을 다시 한번 규정한 것이다. 이 부분
은 마지막 문장에서 다시 강조된다. 빼는 것이 좋겠다.
또 '쓰레받기에 담겨'라는 말은 사건의 흐름으로 볼 때
'빗자루에 쓸려' 정도로 시점을 당겨 주는 것이 더 나아
보인다.

　이렇게 수정하면 어떨까. "저들은 이제 빗자루에 쓸
려 사라질 것이다. 그래도 활짝 피었다가 사라지는 것
이니 무슨 한이 있을까."

다 고친 문장은 다음과 같다.

　　B. 며칠 전 단지 앞 정류장의 목련은 활짝 피어 있었다.
　　　 그 꽃이 많이도 떨어졌다. 보도블록 위에 짓눌리고
　　　 으깨진 꽃송이들이 싯누렇게 변했다. 그 위로 사람
　　　 들 발자국이 보인다. 이전의 우아한 모습은 찾아볼

수 없다. 저들은 이제 빗자루에 쓸려 사라질 것이다.

그래도 활짝 피었다가 사라지는 것이니 무슨 한이 있

을까.

인용하고 패러디하라

"유능한 예술가는 모방하고 위대한 예술가는 훔친다" 라는 말이 있다. 나는 글을 쓸 때 인용이나 패러디를 많이 하라고 권하는 편이다. 좋은 점이 많다. 많은 경우 인용 글은 '이미 받아들여진 내용'이다. 필자의 주장에 힘을 실어 준다. 패러디 역시 크게 도움이 된다. 선배들이 밤을 새워 고민하고 쓴 멋진 글을 이용하지 않을 이유가 없다. 이 꼭지에도 세 개의 패러디가 있다. 찾아보기만 하면 방법을 알 수 있을 것이다. 패러디가 선배의 작품을 잘 '훔치는 방법'이다.

요즘은 검색만 잘해도 인용할 만한 글을 쉽게 찾을 수 있다. 글을 쓸 때 자료를 확인하거나 인용하기 쉬운 전자책도 있다. 검색은 조금 부족한 독서량을 보완하는 방법이기도 하다. 사실 글을 써 보면 독서량은 아무리 많아도 모자란다.

이때 조심해야 할 것이 있다. 원래 출전을 확인해 보

려고 노력해야 한다. 그래야 정당한 인용이 된다. 이 책에서 내내 설명했듯이 '소문'은 많지만 믿을 만하지 못하다. 진실을 확인하는 과정에서 세상을 제대로 보는 힘을 가질 수 있다. 외국인의 말이라면 번역되기 전의 외국어 표현을 찾아 확인해야 한다. 요즘은 그것도 그리 어려운 일이 아니다. 인터넷에 검색하면 '다 나오기' 때문이다.

인용은 첫 문장으로 쓰기에도 좋다. 대개 아포리즘 형태를 하고 있어서 긴장감을 유발하는 데 도움이 된다. 다음은 내가 쓴 《유쾌한 창조》에필로그의 시작이다.

"'사실은 없다. 해석만 있을 뿐.' 니체가 한 말이다."

이 문장은 《권력 의지》에 나온다. 나는 자주 이 인용문을 사용한다. 글을 쓰는 사람으로서 사실이 아니라 해석을 쓰고 있다는 점을 잊지 않으려는 것이다. 나는 이 책에 쓴 내용이 옳다고 확신하고 있지만 그것은 하나의 해석일 뿐이다. 거기에서 자유로울 수 있는 글은 없다. 역사가의 역사책도 마찬가지가 아닌가. 사실이 아니라 해석이다. 그렇지 않다면 같은 사건에 대해서 다르게 설명하는 일이 왜 일어나겠는가.

나는 그동안 통용되어 온 '글쓰기에 대한 소문'을 점검하고 싶었다. 믿을 수 없는 소문이 너무 많다고 생각했기 때문이다. 검증하는 과정에서 많은 자료를 보고 신중하게 결론을 내렸다. 마무리하면서 다시 읽어 보니 조금 두렵기도 하다. 어떤 내용은 그동안 많은 사람들이 했던 말을 완전히 뒤집은 것이기도 하다. 독자들도 꼼꼼하게 읽어 보았다면 그동안 들었던 소문과 다른 내용이 꽤 많다는 것을 알게 되었을 것이다. 이런 말로 위로를 삼고 싶다.

'제가 믿는 진실을 써내기 위해 싸운 겁니다. 글쓰기의 즐거움을 위해서는 싸울 만한 가치가 있다고 생각했어요. 여기에서 이긴다면 언제까지나 이길 수 있겠지요.'* 쓰기를 위한 '읽기'에서도.

다루고 싶었는데 그러지 못한 것도 있다. 배우기도 어렵고 설명하기도 어려운 기술이다. 잘 쓴 글에서는

---

* "난 내가 믿는 것을 위해 1년간 싸웠다. 내가 여기서 이긴다면 나는 언제까지나 이길 것이다. 세계는 훌륭하며, 그것을 위해 싸울 만한 가치가 있다." — 어니스트 헤밍웨이, 《누구를 위하여 종은 울리나》

리듬감을 느낄 수 있다. 글쓰기에 대해 고민하면서 노력한다면 언젠가 도달할 경지일 것이다. 다음은 리듬감이 멋진 글의 한 예이다.

> 볼 수 있는 떨림, 느낄 수 있는 떨림도 있다. 집 앞의 은행나무는 영국왕실의 근위병같이 미동도 않고 서 있는 것 같지만, 상쾌한 산들바람이 어루만지며 지나갈 때 나뭇잎의 떨림으로 조용히 반응한다. 사랑고백을 하는 사람의 눈동자는 미세하게 떨린다. 그 고백을 듣는 사람의 심장도 평소보다 빨리 떤다. 우주의 숨겨진 비밀을 이해했을 때, 과학자는 전율을 느낀다. 전율은 두려움에 몸을 떠는 것이지만 감격에 겨울 때에도 몸이 떨린다. 예술은 우리를 떨게 만든다. 음악은 그 자체로 떨림의 예술이지만 그것을 느끼는 나의 몸과 마음도 함께 떤다.
>
> ─ 김상욱, 《떨림과 울림》, 동아시아, 2018, 6쪽

경쾌한 리듬을 타고 읽으면서 글쓰기도 떨림이라고 생각했다. 동시에 독자의 울림을 기대한다는 것도. '말을

시작하면 사람들이 그리워지기 마련'*이다.

《자기 앞의 생》의 마지막 문장, "그래서 내가 몹시 걱정했기 때문이다. 사랑해야 한다." 글쓰기도 마찬가지이다. 좋은 글은 지극히 걱정하고 사랑한 결과물이다. 글쓰기라는 두근거림 앞에서 이제 당신은 어떻게 시작하고 어떻게 끝내야 할지 알게 되었을 것이다. 쓰기 시작하자.**

---

*   "누구에게든 아무 말도 하지 말아라. 말을 하게 되면 모든 사람들이 그리워지기 시작하니까." ― 제롬 데이비드 샐린저, 《호밀밭의 파수꾼》

**   "저 두근거림 앞에서 / 이제 나는 / 저 공을 어떻게 잡아야 하는지를 / 잘 알고 있었다. 자, / 플레이 볼이다." ― 박민규, 《삼미 슈퍼스타즈의 마지막 팬클럽》

위반하는 글쓰기

지은이 강창래   2020년 6월 5일 1판 1쇄 발행

펴낸이 한기호   2022년 12월 26일 1판 4쇄 발행

책임편집 염경원

편집 도은숙, 정안나, 유태선, 김미향, 김현구

마케팅 윤수연

경영지원 국순근

펴낸곳 북바이북

출판등록 2009년 5월 12일 제313-2009-100호

주소 04029 서울시 마포구 동교로 12안길 14 삼성빌딩 A동 2층

전화 02-336-5675 팩스 02-337-5347

이메일 kpm@kpm21.co.kr

홈페이지 www.kpm21.co.kr

ISBN 979-11-90812-02-3 03800